Teus lábios só não me disseram **adeus**

Editora Appris Ltda.
1.ª Edição - Copyright© 2025 do autor
Direitos de Edição Reservados à Editora Appris Ltda.

Nenhuma parte desta obra poderá ser utilizada indevidamente, sem estar de acordo com a Lei nº
9.610/98. Se incorreções forem encontradas, serão de exclusiva responsabilidade de seus organi-
zadores. Foi realizado o Depósito Legal na Fundação Biblioteca Nacional, de acordo com as Leis nos
10.994, de 14/12/2004, e 12.192, de 14/01/2010.

Catalogação na Fonte
Elaborado por: Dayanne Leal Souza
Bibliotecária CRB 9/2162

M386t
2025
	Martins, Fábio
	    Teus lábios só não me disseram adeus / Fábio Martins. – 1. ed. –
	Curitiba: Appris, 2025.
	        142 p. ; 23 cm.
	
	    ISBN 978-65-250-7116-9
	
	    1. Luto. 2. Morte. 3. Reconstrução. 4. Presente. 5. Superação.
	6. Reencontro. I. Martins, Fábio. II. Título.
	
	                                                                     CDD – 393.9

Appris editorial

Editora e Livraria Appris Ltda.
Av. Manoel Ribas, 2265 – Mercês
Curitiba/PR – CEP: 80810-002
Tel. (41) 3156 - 4731
www.editoraappris.com.br

Printed in Brazil
Impresso no Brasil

FÁBIO MARTINS

Teus lábios só não me disseram **adeus**

Curitiba, PR
2025

FICHA TÉCNICA

EDITORIAL	Augusto V. de A. Coelho
	Sara C. de Andrade Coelho
COMITÊ EDITORIAL	Marli Caetano
	Andréa Barbosa Gouveia (UFPR)
	Edmeire C. Pereira (UFPR)
	Iraneide da Silva (UFC)
	Jacques de Lima Ferreira (UP)
SUPERVISORA EDITORIAL	Renata C. Lopes
PRODUÇÃO EDITORIAL	Sabrina Costa da Silva
REVISÃO	Viviane Maria Maffessoni
DIAGRAMAÇÃO	Amélia Lopes
CAPA	Mateus de Andrade Porfírio
REVISÃO DE PROVA	Jibril Keddeh

Agradecimentos.

Quando a ideia deste texto surgiu, era apenas uma ideia. Depois ganhou corpo e incentivo. Não poderia deixar de agradecer minha irmã pela leitura generosa e pelas correções, aos inúmeros amigos que me incentivam diariamente a escrever e perguntam quando será lançado meu próximo livro. À minha esposa, Ana Paula, por sua generosidade, por aguentar minhas maluquices, ideias e ser sempre a primeira a me incentivar, tanto com sua leitura quanto com sua atenção. À minha filha, Helena, por ser fruto e geradora de sonhos.

Dedico este livro a meu pai.

Súmário.

MORTE.. 11

LUTO.. 53

REENCONTRO.. 97

MORTE.

O celular gritou uma rajada de frio. Era minha mãe. Eu estava quase pronta para sair. Almoçar com meus pais e receber um misterioso presente que meu pai queria me dar. Era um domingo comum de outubro. Ventava.

Atendi. Rafaela, Rafa, ele morreu, ele morreu, ele morreu, seu pai morreu. Ela chorava fiapos de palavras e falava lágrimas de dor.

O chão se abriu e mergulhei nele. Balbuciei algo como indo para aí. Peguei minha bolsa. Derramei a ração e a água para o Benê. Num hiato de segundo e bom senso, resolvi pedir um táxi pelo aplicativo, joguei as coisas dentro da bolsa e saí. Lágrimas fincavam facas de atirador de circo em mim. Meu pai, meu pai. MORTO.

Papai,

Você é um pai muito legal. Está sempre presente quando eu preciso. Adoro jogar xadrez com você e quando brincamos com o Boris. Não gosto quando você viaja ou fica fora muito tempo. Também não gosto quando você e a mamãe ficam no estúdio depois que vou dormir, quero estar sempre com vocês e fazer tudo que fazem. Eu sei que não posso fazer tudo e que adultos precisam ter vida sem os filhos, por isso sempre quis um irmãozinho, mas já entendi que não vou ter, viu papai? Eu entendo as coisas, mas é que fico com raiva e num sei me segurar. Eu penso na florzinha e na velinha, mas nem sempre funciona, como quando o Luiz me irrita me chamando de quatro olhos e eu quero bater nele. Sei que bater é errado você sempre diz isso.

Eu tenho muito orgulho de ser sua filha e eu te amo muito. Sei que não sou a melhor filha sempre e que tirei nota ruim em matemática, mas a profe disse que sou inteligente e que vai me ajudar. Você é o melhor pai do mundo e eu prometo parar de fazer birra.

Feliz dias dos pais.

Rafa

A professora pediu um texto. Eu balançava a perna. Era agosto de 1990. Fazia frio. Escrevam um texto bem bonito para o pai de vocês. Meu pai gostou, disse que estava muito bem escrito, me deu um abraço de urso e foi chorar quietinho em um canto. Foi mamãe que disse. MORTO.

A senhora vai pagar em dinheiro ou no cartão, eu preferia pix. Oi? Nós já chegamos, moça, vai pagar como? O motorista enrugava a testa, eu chorava. Fiz um pix, desci do carro que quase leva meu vestido com o vento. O trajeto do Floresta até Santa Teresa, curto, pai MORTO. Cheguei junto com o SAMU e o Olavo, amigo e médico de papai havia décadas. Abracei minha mãe, e choramos juntas. Tentaram a reanimação, mas nada conseguiram. MORTO. Meu pai era uma mistura de nadador e jogador de basquete, tiveram dificuldade em colocá-lo na maca. Com um fiapo de voz, minha mãe tentou explicar que ele estava bem e, no minuto seguinte, havia caído. Ela não teve forças para levantá-lo. Enfarte foi a constatação óbvia. Logo ele, que não tinha nem gripe. Fazia natação três vezes por semana, gostava de comer, mas sem exageros. Até os copos que gostava tanto, haviam diminuído nos anos recentes. Lembro que meu pai bebia bem. Quando era bem criança não entendia direito, só fui entender mais adolescente quando comecei a tomar conhecimento do que ele fazia. Seu Walter era advogado dos bons e militava, como falavam sobre ele, na causa dos direitos humanos desde que começara a advogar. Era um homem afável, falava pouco e bem, sabia ouvir, muito agradável, o que facilitou seu trabalho defendendo causas e clientes delicados. Lembro dele contando de sua formação na UFMG, na época da ditadura cívico-militar, de como começou a atuar no movimento estudantil, o que lhe causou algumas dores de cabeça, mas com o seu jeito conseguira se livrar da maior parte dos problemas mesmo tendo sido levado algumas vezes para averiguação para a tremedeira de vô Tomáz e vó Ercília. Anos mais tarde, ele passou a atuar junto aos movimentos sociais e a cuidar de casos de presos políticos, muitos dos quais haviam sido seus companheiros de faculdade. Mais adiante, passou a advogar junto a movimentos como o MST e o MTST. Ele chegava em casa, antes de tomar banho ia para o que, na época era um cômodo nos fundos do apartamento que morávamos, transformado em escritório. Era pequeno, mas tinha duas estantes enormes, duas poltronas, uma mesa de trabalho pequena e uma mesinha onde ficavam copos e algumas bebidas, lembro que também havia um aparelho estéreo.

Meu pai se sentava em uma das poltronas e se servia de whisky ou de vodca com tônica. Depois ia tomar banho, conversar, brincar ou fazer o dever comigo. Isso era no início dos anos 1980, eu devia ter uns 4 ou 5 anos e não entendia aquele momento. Eu ainda não tinha dimensão de quem era meu pai. Minha mãe fez carreira no ministério público até chegar à procuradora, sempre atuando em defesa das mulheres. Conheceram-se na faculdade de direito. Era raro, mas dependendo do peso do dia, meu pai tomava mais de uma dose, às vezes ficava de porre. Minha mãe ficava brava e era um dos poucos motivos de briga em casa. Outras vezes, ficavam os dois tomando vinho, ouvindo música, namorando, conversando, rindo. Ela era uma mulher forte, muito bonita, enérgica. Formavam um belo casal. Quando nos mudamos para uma ampla casa em Santa Teresa, com dois andares e um quintal gigante que eu amava, os hábitos e os rituais não mudaram, o que mudou foi que, ao invés de um acanhado escritório, meu pai havia criado em um dos cômodos da casa um amplo lugar que ele gostava de chamar de estúdio. As paredes tinham sido forradas de estantes para os milhares de livros dele e de mamãe. O aparelho estéreo continuava lá, agora com um toca-CDs acoplado. A diminuta mesa de trabalho havia se transformado em duas, uma para cada um e havia uma adega de madeira que não fazia jus ao nome, sobre ela repousava uma bandeja com bebidas e alguns copos. Eu amava entrar naquele estúdio e surpreender meu pai lendo ou ouvindo música. Normalmente ele lia livros de ficção, preferia deixar os de direito no trabalho. Foi nessa época que eu ganhei o Boris, um boxer atrapalhado e brincalhão. As más línguas atribuíam a meu pai o nome do cachorro, diziam que por ele ser comunista tinha dado um nome soviético ao cão, não era a primeira vez que meu pai era chamado de comunista e não seria a última, mas na verdade, quem havia dado o nome fora eu, era o nome de um cachorrinho que eu havia visto em um comercial de TV. A nossa família era constantemente taxada de comunista, meu pai por suas ligações com movimentos sociais e ex-presos políticos e minha mãe por sua atuação no ministério público em prol das mulheres. Não sei até hoje o que é ser comunista, mas aprendi com meus pais o que é justiça social e solidariedade. MORTO.

Meu pai foi levado para o hospital para o processo legal. Tia Cecília tomou a frente de tudo, foi com ele. Minha mãe e eu tentamos nos organizar. Liguei para outros parentes. Uma rede de solidariedade se abriu. Lembrei o quanto meu pai era querido por todos, parentes e amigos. Eu era filha única, mas havia crescido com primos e primas, tios e tias, muito amados. Logo, nossa casa estava cheia de amor e cuidado. Uns ligando para os outros e dando a notícia.

Tenho tanta saudade da tia Ceci. Chorava. Devia ter uns 6 anos e minha tia morava em outra cidade. Trabalhava como engenheira do DER. Filha, é normal sentir saudade, saudade é coisa de quem viveu momentos bons. Palavras de minha mãe. Meu pai apenas me abraçou e acolheu minhas lágrimas. Ele era assim, um homem de silêncios e escuros. Adorava ficar em qualquer lugar de luzes apagadas e em silêncio. Era comum encontrá-lo noite adentro, bebericando envolvido em escuridão e pensamentos. No verão, quando não chovia, gostava de ficar no quintal, olhando o céu, sentido o ar, cutucando o Boris com o pé.

MORTO. Quando eu era pequena não sabia, não entedia o que era a morte. Um dia vi que vários brinquedos tinham sido postos para o lixeiro pegar. Doeu-me como a morte. Eles tinham me feito feliz, eu tinha brincado tanto com eles e agora morriam para mime para o meu mundo. Por que não doar? O abraço daquele homem enorme que se abaixava para conversar comigo, seu sorriso simples, você ia querer ganhar um brinquedo quebrado? Nãooooooooooo!!! Se você não gosta por que outra criança ia gostar? A ética do meu pai não permitia dar um brinquedo quebrado, uma rouba furada para outra pessoa, por mais pobre que fosse. Demorei anos e algumas sessões de terapia para entender isso.

Tio Eduardo me abraçou, era irmão de minha mãe. Como isso pode ter acontecido com o Jão? Falei com ele ontem. Tio Eduardo e meu pai se tratavam por Jão, dois companheiros que se encontraram na vida. A família de minha mãe e a família de meu pai viviam misturadas, comemorávamos todas as festas juntos. Era sempre uma farra. Minha mãe dizia que quando meu pai foi apresentado à família dela, casou primeiro com tio Eduardo. Era advogado também, criminalista. Meu pai o apresentava como seu advogado.

Todo advogado precisa de um advogado, como todo psicólogo precisa de um psicólogo. De todos os amigos era em quem mais confiava. Gostavam de conversar sobre política, música, tinham gostos parecidos, o principal era se comunicar em silêncio, tio Eduardo também era chamado de comunista. Tio Paulo, irmão de papai chegou em casa, abraços e silêncios. MORTO.

O que é morte, papai? Silêncio. Ele se abaixou como todas as vezes em que precisava falar sério comigo. O que aconteceu para uma menininha de 6 anos querer saber isso? A Lúcia falou que a cachorrinha dela morreu, ela estava chorando, a mãe dela foi buscar ela na escola. Suspiro profundo. Todos nós um dia vamos morrer, filha. Morte é o fim de todos, o fim da vida corporal, mas continuamos existindo no coração de quem nos ama. Então você nunca vai morrer porque vou te amar pra sempre. Lágrimas e silêncio.

Morrer é tão simples. Ontem eu falava com ele, hoje MORTO. Minha mãe falou sobre velório. Como? Meu pai odiava velórios! Lembro que fugia de todos. Quando não havia como fugir, ficava o mais longe possível do lugar onde o morto estava. Achava idiota ficarem chorando em torno de um cadáver. Não está mais lá. Minha mãe retrucava que as pessoas tinham direito a se despedir de quem gostavam. Meu pai dizia que preferia que fossem a um boteco celebrar sua vida. MORTO.

Santa Teresa tem muitos botecos. Meu pai não era um grande frequentador de botecos, preferia beber em casa, mas abria exceção para ir em alguns com amigos. Ou em momentos especiais com minha mãe. Criança, fui algumas vezes. Eu achava chato. Minha mãe levava muitos papéis e lápis de colorir. Eu desenhava, eles conversavam, bebiam, riam, mais riam do que conversavam. Meu pai tinha um riso suave e gostoso. Engraçado, não era um pai brincalhão, do tipo físico. A exceção era quando estávamos na piscina do clube. Ele amava água, então ria, deixava que eu subisse em suas costas, pulasse na água para me pegar e abraçar. Lembro, também, dele correndo atrás de mim, brincando de esconder, só quando entrei na idade dos jogos, começamos a nos entender melhor no quesito brincar. Ele preferia me levar a museus, ouvir música e me dar livros. Nunca economizava nos livros. Também não economizava quando era para comprar discos ou CDs um pouco mais para frente. Eu gostava de acompanhá-lo nessas compras. Enquanto outras meninas ouviam Xuxa, boys bands, axé... eu era apresentada a John Coltrane, Miles Davis, Tom Waits, meu pai tinha todos os discos de Tom Waits! Ele e minha mãe eram da geração Beatles, embora meu pai adorasse outras coisas. Ele era um grande conhecedor de música. Também me ensinou a jogar xadrez. Andávamos por praças e lugares em que uma criança podia correr sozinha sob a supervisão, mais ou menos distante do pai ou da mãe. Aprendi a ter paixão pelos livros. Entrar na biblioteca de meus pais era como entrar em um mundo sagrado. Outra coisa que meu pai me apresentou foi o cinema. Amava filmes da Nouvelle Vague, especialmente Godard. Era apaixonado por Truffaut e minha mãe dizia que se achava o Jean Paul Belmondo quando se conheceram. Lembro-me pouco do apartamento em que morávamos no centro. Lembro que era grande, espaçoso, e tão interessante para uma criança quanto a sala de espera de um dentista. Acho que esse foi um dos motivos para comprarem a casa em Santa Teresa, o outro foi ser um negócio de ocasião, pagaram uma pechincha, era o que o tio Eduardo sempre dizia. Mudamos para lá eu devia ter uns seis ou sete anos. A casa demorou a ficar reformada porque precisaram trocar canos, fiação, essas coisas. Para uma menina que vivia em um apartamento, por maior que fosse, foi como morar em um castelo de princesa. Filmes... ir ao cinema com meu pai e minha mãe era sempre especial. Filmes da Disney, sorvete e lanche no Xodó depois.

Você quer alguma coisa, Rafa? Era a Esther, prima, melhor amiga e confidente. Abracei-a e chorei. Um rato assustado sai de minha garganta. Meu pai de volta.

Eu vou voltar, filha. É uma viagem importante. Preciso defender algumas pessoas que estão sendo perseguidas por homens maus. Você não quer isto, não é?

Não, quero que vença os homens maus. Eu vou vencer. Fica com Deus e cuida de sua mãe.

Deus, deusinho. Meus pais eram católicos, não muito praticantes. Mas tinham um amigo, o padre Élcio, que sempre frequentava a nossa casa. Ele também era chamado de comunista. Se eu já não entendia meus pais serem chamados de comunistas, como podia entender um padre ser chamado de comunista? Anos mais tarde fui entender que padre Élcio era ligado à Teologia da Libertação e aos movimentos sociais, logo, comunista!

Papi voltou! Calma! Vai quebrar o meu pescoço desse jeito. Te amo! Também te amo filha! O que trouxe para mim? Comprei uns livros no aeroporto, acho que você vai gostar. Me dá, me dá, me dá! Calma, filha, deixa seu pai chegar direito. Beijo cinematográfico em minha mãe. Foi tudo bem? Foi. Consegui o Habeas Corpus para o Cláudio e para o Alfredo. As acusações não se sustentavam, mas você sabe, ainda são os resquícios da ditadura. Talvez eu tenha que ir ao Araguaia daqui uns meses, há um bispo lutando contra todas as cercas por lá e pode ser que precisem da minha ajuda. E como está no MP? Avanços de tartaruga, muitas reuniões. Ainda há homens que se escondem na tal legítima defesa da honra para cometer atrocidades contra ex-companheiras.

Mamãe era minha Meryl Streep. Tínhamos cumplicidade e conseguíamos nos entender pelos olhares. Ela tinha escolhido trincheiras diferentes de meu pai. Lutar contra o sistema dentro dele. Em um ambiente machista e misógino. Para meu pai ela era uma mistura de todas as heroínas do cinema. Dizia isso em seu olhar, em seu respeito e em como a ouvia. Sempre a ouvia. O fato de ela ser concursada dava tranquilidade aos dois para que pudessem ter uma vida mais tranquila e, ao mesmo tempo, praticar a justiça que acreditavam.

As viagens faziam parte da nossa rotina, mas eu gostava mesmo era de viajar nas férias. Nunca era para os lugares para onde as pessoas iam. Sem saber eu conhecia lugares em que meu pai tinha amigos e unia as férias escolares à possibilidade de fazer contato com esses amigos. Fomos ao Uruguai, eu devia ter uns 6 anos, Cuba, uns 7 ou 8, no Chile com uns 10 anos, outras vezes viajávamos pelo Brasil e íamos para Pernambuco, Bahia, São Paulo, Rio de Janeiro e, o lugar que meu pai mais gostava de ir, que o deixava como uma criança, New Orleans! Meu pai amava jazz e lá ele era o próprio Chet Baker. Era gostoso vê-lo sorrir e conversar sobre jazz. Acho que era um dos poucos momentos em que não via o pai-silêncio. Nunca viajamos para a Disney, mesmo Nova Iorque, ele não gostava de ir, minha mãe dizia que havia coisas interessantes, ele retrucava que podiam estar em New Orleans.

Eu não sabia, criança, das oportunidades que estava tendo, muito menos quem meu pai era. Do trabalho de minha mãe eu conhecia um pouco mais porque a ouvia falando bastante dele, meu pai deixava o trabalho fora de casa, menos quando conversava noites adentro com sua musa. Para mim, eu era uma criança comum, com uma vida comum. Frequentava o Estadual Central como tantas outras crianças. Vez em quando ouvia um Você é filha de fulano? Seu pai é um grande cara, estudou aqui a vida toda. Nada mais do que isso.

Meus pais faziam questão de que eu não me deslumbrasse. Nunca fui uma criança pidona ou cheia de vontades. As bonecas que eu tinha, quase todas, havia ganhado de tios e tias. Brinquedo só no Natal. Afinal era o Papai Noel que trazia...

Papai Noel? Você está aí? Quero escrever uma cartinha. Eu fui boa esse ano, pode me trazer meu pai de volta?

Ele não gostava de dar trabalho, morreu em um domingo para não dar trabalho para ninguém, comentou alguém no velório.

Por que as pessoas sempre falam clichês em velório? Uma maratona de clichês de mau gosto desfilando. Era por isso que ele não gostava. Ele está melhor do que nós, alguém disse. Como melhor do que nós? Ele está morto! MORTO.

Outra perguntou como eu e mamãe estávamos? Como eu poderia estar? O homem da minha vida estava ali, MORTO.

Sim, ele não gostava de dar trabalho, mas gostava de ajudar os outros.

Padre Élcio chegou e me abraçou. Desabei em lágrimas. Chore, minha filha, deixe tudo sair, ponha a dor para fora, Deus vai cuidar de tudo. Ele não queria velório, ninguém respeitou isso. Minha voz saiu como um trem dando solavancos.

Padre Élcio ia em casa, geralmente aos sábados, para almoçar. Era fã do América como meu pai. Seu pai é um homem de conciliação, não poderia torcer para os que polarizam o futebol. E ria.

Ele gostava de cerveja. Meu pai era mais dos destilados. Abria exceção para esses dias com Padre Élcio a quem respeitava e com quem travava algumas conversas que eu não entendia. Conversavam sobre teologia, vim a descobrir muitos anos mais tarde. Falavam sobre a visão conservadora, sobre um Jesus libertador, sobre a importância de uma igreja que olhasse para os pobres. E tomavam cerveja, muitas. Inevitavelmente meu pai reclamava depois que cerveja lhe fazia mal e que era irritantemente diurética. Então, depois que o nosso amigo padre ia embora, abria um vinho ou tomava whisky, depois ia dormir. Os almoços com Padre Élcio eram sempre divertidos e alegres. Ele falava muito, meu pai ouvia muito, o que era uma ótima combinação.

Padre Élcio chorava, não conseguia conter as lágrimas pelo amigo que havia ido. Olavo, o médico, tentava explicar a todos que aquele homem de 73 anos, que havia sobrevivido sem sequer um resfriado durante a pandemia, que era sabidamente um atleta, havia tido um enfarte fulminante. Genética alguém disse. Entre lágrimas, repeti, genética. Meus avós paternos haviam morrido do coração. Cresci apenas com meus avós maternos que morreram pouco antes de eu entrar na faculdade. Já bem idosos. Na certidão constava causas naturais. Padre Élcio interrompeu a todos falando sobre desígnios de Deus e começou a encomendar a alma de meu pai.

Amanhã pode ser tarde. Marcamos de nos encontrar, mas eu tive que desmarcar por conta de outros compromissos. E, agora, não poderei mais ver meu amigo. Pois era isso que o Walter era, amigo, um grande amigo. Segundo um grande padre que tenho o prazer, também, de chamar de amigo, não é preciso de templo para haver religiosidade e Walter era isso, uma religiosidade sem templo, pois em seu coração cuidava da maior criação do Senhor, o ser humano. Ele defendia os desvalidos, os oprimidos, os perseguidos, os excluídos, os, como José, Maria e Jesus, refugiados de todos os tipos. Esse homem, querido pela família, e por todos que o conheceram, era um homem de fé, ainda que não frequentasse sempre o templo, pois via o templo de Deus em cada coração e via a face de Jesus em cada sofredor. Ajudava a todos os que podia e até os que não podia. Foi um dos primeiros a defender os perseguidos políticos, ainda jovem, foi pioneiro na defesa do direito das pessoas trans. Não é à toa que aqui, hoje reunidos, vemos tantas pessoas que foram ajudadas por eles, pessoas importantes, políticos, mas também excluídos de todos os tipos, anônimos a quem o Walter defendeu com igual carinho e competência. Esse era um homem que seguia os passos do Mestre, que honrava a religiosidade, que entendeu os Evangelhos. Tenhamos certeza que ele já está nos braços do criador, olhando por todos aqueles que precisam. Vá em paz, meu amigo.

Rezamos um Pai Nosso entre lágrimas e soluços. Havia muitos rostos conhecidos no velório, gente da área do direito, da política, dos movimentos sociais, gente que eu conhecia e alguns dos quais tinha ouvido falar. Gente que aparecia na mídia e tinha relevância na história recente do país. Alguns eram amigos, alguns eram gratos, outros tinha sido amigos de infância. Havia coroas de flores de governadores, senadores, deputados, da presidência da república. Mas o que mais me chamava a atenção era a quantidade de pessoas anônimas, gente que meu pai ajudou, muitos sem cobrar nada. Nos últimos anos ele tinha se dedicado a duas causas: a dos refugiados e a dos direitos das pessoas trans. E havia muitas dessas pessoas ali. Também havia uma coroa muito bonita, assinada pela família Borges.

Pai, o que é isso de Clube da Esquina? Morávamos em Santa Teresa e eu passava pela famosa esquina da Divinópolis com Paraisópolis. Ele se sentou no meio-fio comigo. Eu tomava um sorvete. Lembra uma vez que o padre Élcio disse que muitas vezes Deus fala pela boca das pessoas? Sim. Então, Deus canta pela boca desse pessoal do Clube da Esquina.

Ele havia sido contemporâneo do Márcio Borges no Estadual Central, embora fossem de turmas diferentes e tinha participado de ações do movimento estudantil com ele. Tinha alguns discos autografados pelo Lô, pelo Beto Guedes e uns dois, especialmente pelo Milton Nascimento. Convivíamos com alguns irmãos da família Borges e não era raro eu atender os telefonemas de um tal de Márcio que, só fui saber da importância, anos mais tarde. Ouvir discos do pessoal ligado ao Clube da Esquina era quase um ato religioso em casa. Eu cresci nos anos 1980 e comecei a ouvir música por conta própria nos anos 1990. Não tive como escapar da influência de toda uma infância, apesar de, nos momentos mais rebeldes, ouvir rock pesado que seu Walter não gostava muito, mas paciente e silenciosamente, respeitava. Agora ele estava MORTO.

Quase dei razão à minha mãe ao receber o abraço e o carinho de tantas pessoas que gostavam de meu pai. Eles tinham direito de se despedir dele, mas não conseguia parar de pensar na traição que tudo aquilo representava ao seu desejo. Minha tia Cecília, Ceci, havia organizado a cerimônia de cremação e meu tio Eduardo havia escolhido uma música do Tom Waits para quando o caixão baixasse. Minha mãe tentou, mas não conseguiu falar, meu tio Eduardo fez um discurso breve e que arrancou lágrimas de todo mundo. Eu estava escalada, levantei-me...

Hoje ouvi muitas condolências, de gente que eu nem sabia quem era. Eu agradeço a todos, todas e todos. Como sabem, meu pai não era um homem extrovertido, gostava de ficar em silêncio e eu adorava ficar em silêncio com ele. Me ensinou essa arte, a arte de ficar em silêncio e dizer tudo. Ainda não tenho dimensão de todas as faces desse homem com quem convivi 43 anos. Tenho orgulho dele, tenho amor por ele, sei de sua importância, mas também tenho certeza de que desconheço muita coisa. Sentirei falta de seu colo, seu grande colo que me acolhia mesmo quando era grande. Sentirei saudade de sua voz poderosa me perguntando se estava tudo bem, sentirei saudade de seus conselhos, de ouvir John Coltrane com ele. A primeira lembrança que me vem à mente é a de ficar deitada com ele na cama, agarradinha, de preguiça e de sair para andar com ele pelas ruas do centro. Um dia vimos um pedinte, eu fiquei com medo, ele me disse Não tenha medo, é apenas uma pessoa que precisa de nossa ajuda. Assim era meu pai. Sentirei saudade, muita saudade, ele se vai, fica a ausência.

Chorei, chorei muito. MORTO.

Chorava muito, tinha ralado o joelho andando de bicicleta. Só quem viveu nos anos 1980 sabe o que era passar Merthiolate em um machucado. Era um sábado. Mamãe preparava um almoço para a família, eu tinha saído para andar com a bicicleta que ganhara no Natal. Estávamos na praça da Liberdade, pedalei muito rápido em uma das retas, perto do coreto, perdi o equilíbrio e me estatelei no chão. Meu pai limpou o machucado, se certificou que não era nada grave. Com um braço me pegou no colo, no outro a bicicleta, e voltamos para casa. Ele me dava beijinhos no rosto e tentava me acalmar, eu chorava, chorava exageradamente como só uma criança de 5 anos sabe fazer. Ele me levou ao banheiro do apartamento, me deu banho, me colocou sentada sobre a tampa do vaso e passou o dito cujo que ardia mais que tudo. Ao primeiro berro, minha mãe veio correndo ver o que estava acontecendo, ele nada disse. Assoprava o machucado, agora com aquele remédio vermelho e que ardia como pimenta e assoviava *Yellow Submarine* para mim. Assoviava mal, de propósito e fazia caretas. Das lágrimas vieram o riso e a gargalhada, esqueci o joelho, que ainda doeu bastante e fui brincar.

O que vocês precisarem, Rafa, pode ligar, eu vou imediatamente. O Osvaldo havia sido meu primeiro namorado, amava meu pai. Quando passou em direito pediu sua ajuda para orientá-lo em qual seria o melhor caminho a seguir. Hoje é um tributarista bom à beça. Está casado, tem dois filhos lindos, viramos amigos, abracei-o, abracei a Laura, sua esposa, chorei de novo.

Pai, esse é o Osvaldo. Aquele homem que mais parecia o Colosso de Rhodes olhou aquele garoto cheio de ossos, de cabelo escorrido, mas muito sorridente, tínhamos 12 anos. Osvaldo morava umas duas casas para frente em nosso quarteirão. Era um dos poucos meninos que eu suportava.

Namorar era um jeito de falar, trocamos alguns selinhos, mas gostávamos de ficar juntos, ele me fazia rir, era estudioso e me ajudava em matemática. Meu pai olhou para ele, em silêncio profundo. Com a voz grave e forte que possuía assustava os desavisados. Olhou firme para o Osvaldo. Prazer em conhecê-lo, mocinho, seja educado, não quebre nada e nos daremos muito bem e apertou sua mão. Osvaldo tremia. Depois passou a frequentar tanto a nossa casa que se tornou aprendiz dos silêncios de meu pai. Nem sei quando nosso namoro terminou, acho que uns dez dias depois, mas a amizade continuou para a vida toda. Era assim com todo mundo que frequentava a nossa casa. Meus amigos adoravam ficar lá e meus pais adoravam que ficássemos lá, por mais trabalho que isso desse, era um jeito de saber o que estávamos fazendo. Havia apenas uma regra que jamais quebrei, pelo menos um dos dois tinha que estar presente.

Saímos da cerimônia do velório/cremação exaustas. Anoitecia e o dia estava abafado. Tudo tinha sido muito rápido, morte, liberação do corpo, velório, agradecimentos ao doutor Osvaldo e minha tia Ceci. Precisava fazer algo e não deixei minha mãe pensar. Disse aos amigos e parentes mais afastados que queríamos ficar sozinhas, mas avisei aos tios minha intenção, minha mãe não teve tempo para dizer não.

Fiz questão de ir a um bar para homenagear meu pai. Era o desejo dele. Eu conhecia o dono, era um lugar que eu frequentava sempre. Ele reservou uma mesa um pouco mais afastada. Meu tio Eduardo e a esposa, a tia Miriam, chegaram logo depois, tia Ceci e o marido também foram, tio Ricardo, tio Paulo foi sozinho, Esther, filha do tio Eduardo e da tia Miriam, também, um outro primo querido, o Leandro chegou com o namorado, Raul, alguém que fazia até um touro bravo ficar calmo. Pedi uma garrafa de whisky que meu pai gostava, praticamente exigi que todos tomassem pelo menos uma dose, inclusive minha mãe. O álcool ajudava a destravar a língua e começamos a lembrar histórias de meu pai.

Ele era muito educado, mas sabia dar umas boas porradas com ironia, lembrou tia Ceci. Ela era a mais nova dos irmãos e foi a última a casar. Quando vinha de folga para Beagá me mimava muito.

Eu quero a tia Ceci! Pare de fazer birra, Rafa, sua tia foi embora, precisa trabalhar. Você é chato, só minha tia é legal. Calma, Rafa, seu pai tem razão. Não, não tem! O problema, Amália, é que brincar é bem mais fácil do que criar e educar.

Anos mais tarde, já casada e com filhos, tia Ceci disse que tinha saudades de só fazer bagunça com as crianças sem a responsabilidade de educar.

Lembro de uma viagem que fizemos juntos, você lembra, Amália? Acho que foi para um sítio ou para a praia... eu queria ir com a Rafa em um lugar e ele disse que não era para ela ir porque podia ser perigoso, eu disse que ele não conhecia o lugar, ele me fulminou com apenas uma frase, você também não. Rimos. MORTO.

Eu lembro de uma vez, a gente morava no apartamento ainda, eu tinha o que, uns 6 anos, mãe? Levantei para fazer xixi. O apartamento estava quase todo no escuro, mas havia uma música baixinha vindo do escritório e uma luzinha estava acesa, acho que era de uma luminária. Fui andando meio com sono ainda, minha mãe estava por cima do meu pai na poltrona, estavam transando, quando ele me viu não sabia o que fazer... todos rindo. Rafaela! Uai, dona Amália, somos todos adultos aqui, né? Vocês transavam, eram um casal. Minha mãe corou, mas riu o sorriso da saudade.

Lembro quando nos apaixonamos. Seu pai era um péssimo dançarino e tinha um baile, ele havia me convidado para ir. Começamos a dançar, mas ele era duro igual um garfo, estava todo envergonhado, tentou dizer que tinha treinado com um amigo, mas que devia ter treinado mais. Ele sorria desajeitado. Aquilo mexeu comigo. Nos beijamos. Depois ele aprendeu a dançar, mal, mas pelo menos conseguia enganar.

Você se lembra das festas que fazíamos, Amália? Claro que lembro Paulo. Todas terminavam com alguma maluquice. Tínhamos um grupo de amigos e tanto. Todos loucos, era isso o que eram! Mas era divertido. Divertido pra quem? A Ceci não sabe dessa história, a Rafa nem tinha nascido ainda. Era aniversário do seu pai. Ele adorava comemorar os aniversários. Era ainda no apartamento antigo. Seu pai estava começando a ganhar algum dinheiro, então preparou uma baita festa. A gente bebeu de tudo aquele dia. Se tivesse gasolina a gente tinha tomado. Lá pelas tantas o Saulo, vocês lembram do Saulo? Hoje é diplomata, aparece com pompa e circunstância, mas naquela época era o mais doido de todos, ainda não tinha passado no Itamaraty. Bom, lá pelas tantas, o Saulo teve a ideia. Falou comigo e com mais alguns. Cada um foi pegando uma coisa da casa de seus pais. Um cinzeiro, um copo, um bibelô, tudo coisa que podia caber nos bolsos ou nas bolsas. Não pensa que a mulherada não participou, porque gostaram da ideia. Bom, eu sei que a gente foi embora, tudo bêbado, levando um monte de coisa da casa dos seus pais. No dia seguinte foi um tal do Walter ligar para todo mundo achando que tinham roubado o apartamento de madrugada. A risada foi geral. Vocês nos deram uma dor de cabeça danada. Quando a gente acordou para lavar tudo deu por falta de um monte de coisas, bateu desespero. O Walter disse Será que a gente dormiu tão bêbado que não viu ninguém entrar no apartamento? Desceu, foi falar com o zelador que garantiu que ninguém tinha entrado, que o porteiro da noite era muito atento, imagina, a gente morava lá tinha uns três anos, acho, ficamos preocupados. Aí o Walter começa a ligar para todo mundo, pior é que tinha gente que não lembrava de ter levado, foi um trabalhão para todo mundo devolver tudo, a Jéssica foi lembrar que tinha levado uns talheres só quando abriu a bolsa para ir a uma outra festa.

Mas seu pai era vingativo e não era santo também e como não era de fazer alarde bolava coisas piores. Essa ele tramou com o Eduardo. Tio Eduardo mais chorava que falava ou ria. A dos pombos? É, essa aí!

Como todo mundo estava envolvido no furto das coisas dos seus pais, ele escolheu uns cúmplices que ele julgava menos culpados. Conversou comigo, com o Amadeu e com o Valério. O Valério tinha um primo que criava pombos, seu pai perguntou pra ele se era possível emprestar uns três ou quatro. A festa era na casa do Wallace e da Teresa. Eles tinham bem mais dinheiro que a gente, na época, vinham de famílias de posses aqui em Beagá A casa deles, na época, era no Alto Barroca. Uma casona. Bom, seu pai alugou os pombos e colocou no carro. Não faz essa cara não, Amália, que você sabia. Ele deixou os pombos no carro, o vidro meio aberto para os bichinhos não morrerem. Eram umas gaiolas grandes. Nem era tão grande,

Eduardo. Eram sim, é que os carros naquela época eram maiores. Lá pelas tantas, todo mundo já bem alto, seu pai me chama para buscar os pombos. O Valério sabendo do que ia acontecer... na época ele tinha uma Pentax, câmera chique, ele gostava de tirar fotos, era fotógrafo amador. Seu pai e eu chegamos com os pombos na mão, na entrada da sala de jantar e solta-mos os bichos, demos a volta e entramos por outra porta. O Valério rindo tentando tirar fotos e a bagunça armada. Pombo cagando em cima de prato, gente correndo com vassoura para tentar espantar os bichos, foi uma zona. Pensa se teu pai deu um sorriso. Agiu como se não soubesse de nada. Acho que até hoje ninguém sabe quem foi a mente criminosa por trás daquilo. Culparam todo mundo. Depois dessa, as coisas deram uma amansada e os trotes ficaram mais suaves. Tadinha da Teresa, ainda me ligou no dia seguinte pedindo desculpas pelo transtorno. E o que o Walter fez com as gaiolas? Jogou fora, disse minha mãe dando uma bicada no whisky. Estávamos todos mais relaxados, mas o álcool tem suas surpresas, sempre deixa alguém mais emotivo do que os outros e este era o tio Eduardo.

Essas histórias são boas, mas eu queria mesmo era falar dos tempos mais pesados. O Walter foi um herói. Lembra em 77, quando teve aquele encontro do movimento estudantil que deu a maior confusão, saiu um monte de gente presa. O Walter já tinha se formado, mas continuava ligado aos estudantes. E tinha sido aluno do Lacerda que foi quem o ajudou no começo da carreira. Seu pai tinha um escritório minúsculo ali na Tamoios. Era alugado, Amália? Não. Meu sogro tinha dado de presente para ele, logo que se formou. Então, o Lacerda ajudava indicando clientes. O Lacerda era muito ligado aos movimentos de esquerda e atuante no grupo de direitos humanos. Pois foi ele que chamou seu pai para defender vários estudantes que tinham sido presos. Seu pai, bom seu pai você sabe, foi aluno dos mais brilhantes que já passaram pela UFMG. Taí sua mãe que não me deixa mentir. Sua mãe também era excelente, mas seu pai tinha um negócio que não se explica. Ele descobriu que o delegado que prendeu os meninos tinha aspirações políticas e conversou horas com ele mostrando que não ia pegar bem a um futuro deputado um passado de violência civil. Fez que fez e pimba, soltou uns cinco, acho. O Lacerda depois conseguiu soltar mais uma turma. Seu pai era desses, ia de peito aberto para ajudar quem precisasse, quanta gente deve a vida por seu pai e ele agora... está... MORTO... a voz do tio Eduardo, sempre tão eloquente, sumiu... mas inaugurou o choro e lembranças mais afetivas.

Lembro do tio com carinho. Esther tentava não soluçar. Eu não sabia de metade das histórias dele quando fui fazer Ciências Sociais. Foi o Murilo, meu ex, que quando soube que eu era sobrinha do Walter Rios, contou que ele era um herói, que tinha ajudado muita gente na época da ditadura e no pós-ditadura. Mas o que eu me lembro, mesmo, era dele colocando música para a gente, lembra, Rafa, na época eu gostava de grunge, Nirvana, Nine Inch Nails... a gente tava ouvindo na sua casa, aí o tio nos chamou, sem dizer nada, colocou um disco do Tom Waits, depois colocou um do Lou Reed, aí colocou o álbum branco dos Beatles e eu pirei. Ele não disse uma palavra e me abriu um leque musical imenso, para tristeza do bolso de mamã, né, dona Miriam?

Tia Miriam estava calada desde que tínhamos chegado, ela sempre foi muito falante, extremamente simpática. Ela ajudou muito minha mãe quando eu era pequena, pediatra inteligente e muito à frente do tempo, já tinha posições muito claras sobre criação de filhos, importância da vacinação e coisas que passaram a ser valorizadas muitos anos depois.

O Walter era um cara especial. Pouca gente sabe disso, eu tenho um primo que se envolveu muito com o MST, virou liderança no Jequitinhonha. Claro que começou a ser perseguido, foi preso várias vezes e jurado de morte. Foi o Walter, sem cobrar nada que o ajudou todas as vezes. Os contatos dele, o jeito diferente com que ele falava com as pessoas, meu primo se mudou para o interior do Paraná, não que as coisas fossem mais fáceis lá, mas pelo menos ele não era conhecido. Tá lá até hoje. Acho que jurado de morte ele continua, mas tá vivo, ainda. Você sabia disso, tio, perguntei. Alguém tinha que saber para caso seu pai precisasse de apoio e ser solto, deu um sorrisinho triste.

Houve um silêncio. A palavra que continuava batendo na minha cabeça era MORTO. Não queria ir para casa, não queria ir para a casa, agora, apenas da minha mãe, mas o outro dia era outro dia e era segunda. Não estava preocupada com a clínica, pois os atendentes abriam e os veterinários tocavam sem a necessidade de minha presença. Todos tinham sido avisados do que havia acontecido e eu me dei folga por aquela semana. A Tatiana, minha funcionária mais antiga, esteve no velório e me tranquilizou, cuidaria de tudo e eu sabia que isso era verdade.

Papai, eu querida cuidar de todos os animais como a gente cuida do Boris. Ele sorriu. Você dará uma bela veterinária? O que um veterinário faz? Cuida dos animais. Não é isso que o doutor Venâncio faz com o Boris quando a gente precisa? Sim.

Eu tinha 9 anos e sabia que iria ser veterinária. O Boris entrou em minha vida quando eu tinha 7. E foi meu companheiro até morrer velhinho. Também foi companheiro de meu pai. Eles se comunicavam em silêncio. Acho que era a única pessoa com quem o Boris não latia, apenas abanava o cotoco de rabo, não, na época não sabíamos que era um absurdo cortar o rabo do cachorro. Tanta coisa que eu não sabia na época, papai, tanta coisa que eu ainda não sei e você não está mais aqui para me ensinar. MORTO.

Fomos caminhando para a casa da minha mãe. Eu não podia deixá-la ali, sozinha, sem o marido. Não sabia como ia ser quando entrássemos de novo no local onde haviam vivido a maior parte de suas vidas e onde tinha visto o marido MORTO. Mas já estávamos bem altinhas e talvez não fosse tão difícil. Ao abrirmos a porta, minha mãe congelou. Se quiser podemos ir dormir lá em casa, mãe. Não, Rafa, tá tudo bem, só pensei ter visto seu pai andando na sala. Mas como ele poderia estar andando na sala se ele está MORTO. Ela desabou em um choro de quase 50 anos de casada.

Vinte e cinco anos de casados. É para poucos seu Walter e dona Amália. Como estão se sentindo? Apaixonados, meu pai resumiu. Minha mãe o beijou. Eu tirei uma foto dos dois com uma novíssima Canon. Ainda não me acostumei com essas máquinas digitais. Você vai ficar bem filha? Vai dar conta de tudo?

Sim eu dou conta de cuidar de um cachorrinho, papai. Minha mãe havia convencido meu pai de que a melhor coisa para uma menina em um quintal daquele tamanho, na impossibilidade de um irmão ou irmã, era um cachorro. Mas ele havia exigido responsabilidade de mim, passeios e cuidar da ração e da água. Eu era uma menina feliz, vivendo uma vida feliz, como toda criança deveria ter. Mas na época eu não sabia que não era assim para todas.

Quando fiz 10 anos meu pai me levou para conhecer abrigos para sem teto e associações que cuidavam de pessoas em situação de rua. Ele não precisava falar nada, as pessoas falavam por si e conheci histórias muito tristes. Alguns amigos diziam que era um absurdo ele fazer aquilo, mas minha mãe apoiava e para ele era a única permissão que precisava ter. Ele não me levava para ver assistencialismo, para sentir pena ou como punição, ele me levava para eu conhecer a vida real, não era para eu me sentir especial ou privilegiada, era para que eu tomasse consciência do país em que eu vivia e para que eu me tornasse humana. Não era fácil, não era agradável ver pessoas sofrendo, mas era necessário, eu não entendia naquela época, mas entendi depois.

Rafa, eu preciso tomar mais alguma coisa. Não vou conseguir dormir. Eu fiz menção de ir ao estúdio, minha mãe me segurou pela mão. Tem vinho na adega da cozinha. Eu a olhei. Ainda não. Haverá tempo para entrar ali, mas agora não. O presente que seu pai ia te dar está ali. Vai chegar o momento de você pegar, agora não. Abri o vinho, tinto forte, cor de sangue. O que é? O que é o quê? O presente? Não sei, filha. Só vi a caixa, embrulhada. E por que agora? Não está perto do meu aniversário. Seu pai não precisa de motivos, filha. Ele tem o jeito dele de lidar com as coisas. Ela percebeu o uso dos verbos no presente, começou a chorar, tinha, tinha, tinha... MORTO.

Entornamos três garrafas de vinho. Precisei levar minha mãe para a cama e apaguei ao lado dela, sem tirar a roupa, completamente bêbadas e amortecidas por algumas horas.

Acordei sobressaltada, o telefone da minha mãe tocando na mesinha de cabeceira, ela roncando. Pulei como um canguru no cio. Eram sete da manhã. Quem ligaria a uma hora dessas? Saí do quarto tropeçando no ar com o celular dela em minha mão para que não acordasse. Era uma amiga, a Norma. Oi, querida, acordei vocês? Esqueci a boa educação recebida e soltei um O que você acha? Só queria saber como vocês estão. Estávamos dormindo até você ligar. Sei que estão tristes, mas se precisarem de qualquer coisa podem contar comigo. Precisamos dormir. Desliguei. Há alguns anos eu diria que bati o telefone na cara dela, mas essa expressão está morta, como meu pai. Corri até a cozinha e virei uma garrafa de água corpo adentro. Ouvi minha mãe levantar. Foi ao banheiro. Tomei mais água. Resolvi fazer um café bem forte e peguei tudo que estava na geladeira que ela poderia gostar.

Você está operacional? Dei um beijo na testa dela. Estou mãe. Fazia tempo que eu não bebia tanto assim. O café já, já estará pronto. Deixa para depois, meu amor. Preciso de algo gelado. Tem suco na geladeira. Abri a geladeira e uma Coca-Cola sorriu sedutora. Minha mãe quase não tomava refrigerante. Olhamos, cúmplices no crime, uma para a outra. Que se dane!

Seu pai nunca tinha ressaca. Ela disse com aquele sorriso triste. Minto, me lembro uma vez, foi em um aniversário de um primo meu, o Celso. Aquele que mora agora em Alagoa e faz queijo. Lembro dele, mãe. Então, foi em um carnaval, era aniversário dele. Tomamos todas, você tinha uns 2 anos. Seu pai ficou mal por uns quatro dias. Acho que no sábado depois do carnaval ele ainda reclamava da ressaca.

Dona Amália, precisamos conversar. Eu sei, eu sei, temos coisas práticas a resolver. Depois do café. O estúdio, mãe... sim os documentos estão no estúdio, na gaveta grande da mesa de trabalho dele. Por favor, me prometa que só vai mexer nisso. Depois feche a porta. Não vamos entrar lá por enquanto e deixe o presente quieto. Você terá tempo para abri-lo, seja lá o que for. Vamos viver esse luto juntas.

Erra quem acredita que o luto comece depois da morte. A ficha ainda não caiu. Será que alguém com menos de 40 usa ainda essa expressão? Ainda não estávamos de luto, tínhamos coisas a resolver e meu pai ainda estava por ali, perambulando e conversando com a gente. Ele era uma pessoa extremamente organizada, eu sabia que todos os documentos estariam organizados. Ele pagava um plano funerário há muito tempo e exigia que minha mãe deixasse as carteirinhas e os contatos na mesinha de cabeceira do quarto.

Nunca se sabe quando vamos precisar, Lilinha. Vira essa boca pra lá, Tinho. Tinho e Lilinha, casais gostam de se dar apelidos carinhosos. Eu gostava de como meus pais se chamavam e só eles se chamavam assim, mais ninguém na família os chamava desse jeito. Meu pai tinha vários apelidos, dependendo da turma, Jão, Gegê por conta do tamanho, Bigode, sim, meu pai mantinha um bigode muito bem cuidado, Rios para os colegas de faculdade, pai, pai, o mais lindo de todos era pai.

Entrei no estúdio. Havia um embrulho grande. Devem ser livros, pensei.

Papai, me compra um livro? Era a senha para irmos ao seu Van Damme, na Guajajaras. Voltava sempre com dois ou três e meu pai com mais uns tantos, às vezes entrávamos escondidos em casa para mamãe não ver. Também parávamos em alguma banca para comprar gibis da Turma da Mônica. Para ele era do Tex. Também tinha quase todos os exemplares do Fantasma. Era dias em que ele estava vivo, não MORTO.

Peguei as pastas com os documentos que iríamos precisar. Saí e fechei a porta do estúdio. Minha mãe me esperava, em pé. Vou pedir pra Ângela limpar toda semana, mas ninguém entra até eu dizer que pode. Só ela para limpar. Fiz que sim com a cabeça. Aquele lugar tinha a história de todos nós, doía, o lugar doía na gente. Liguei para a clínica para saber se estava tudo bem. Eu sabia que estava, mas tinha aprendido com minha mãe a ser ciosa com o trabalho. Dei orientações. Pedi que avisassem aos tutores que não atenderia esta semana e indiquei os veterinários que deveriam ficar no meu lugar. Nunca havia deixado a clínica assim, todas as vezes que saía de férias ou emendava um feriado eu deixava tudo organizado e todos avisados. Depois disso foram ligações e mais ligações para plano de saúde, banco, instituições diversas com as quais meu pai contribuía de alguma maneira. Íamos ligar para a operadora do celular, mas não conseguimos, cancelar aquela assinatura seria admitir que meu pai estava MORTO e ainda não consumíamos fazer isso, eu já havia repetido muitas vezes a palavra MORTO para os outros lugares. Graças à organização de meus pais, as contas em banco eram todas conjuntas e as aplicações idem, meu tio Eduardo cuidaria do inventário o que facilitava as coisas. As coisas no escritório seriam também cuidadas pelo tio Eduardo, meu pai já não ia muito lá, o que, de novo, facilitava as coisas. Desde a pandemia ele havia diminuído o ritmo de idas, resolvia muita coisa de casa, era a semiaposentadoria como dizia. Minha mãe, sim, estava totalmente aposentada e isso me preocupava, mas agora não era hora de se ocupar disso. Rafa, pode me ajudar em uma coisa? Entre as tantas ligações, minha mãe entrou em contato com velho amigo do Irmão Glacus, um centro espírita que recolhia doações. Mãe, a senhora vai doar todas as roupas do papai, já, agora?

Você fica bonito de terno, papai. Um sorriso doce e vermelho me respondia em silêncio. Hoje é um dia importante, filha. Seu pai vai receber um prêmio na prefeitura.

Ele odiava prêmios mais do que ser chamado de doutor. Embora tivesse feito doutorado, achava cafona, fazia questão de ser chamado pelo nome. Minha mãe tinha estas praticidades. O que vai fazer com o espaço vazio? Invento o que colocar, uma mulher sempre precisa de mais espaço. Seu pai tinha roupas muito boas, ele gostaria que ajudassem os outros. E essas? Vão para a ocupação que seu pai estava ajudando. O Ricardo vai passar já, já para pegar. Você ligou para eles quando? Você estava ocupada resolvendo umas coisas, eu ocupada resolvendo outras. Formamos uma boa dupla.

Vocês são lindas, uma linda dupla. Agora vem cá e dá um beijo no papai. Você não Boris, a Rafa! Agora um beijo da mamãe. Pera, Boris!

As roupas saíram, a ausência não. Fiquei olhando para o quintal.

Papai, vem jogar bola comigo. Papai, vem correr atrás de mim. Papai, o Boris comeu a bola. Papai, vem desenhar comigo. Adorei meu presente, papai. Hoje você compra coxinha para mim? Que dia você volta, papai? Põe aquela música de novo! Papai, vem me dar um abraço. Eu te amo, papai...

Eu te amo, pai e sinto a sua falta, volta para casa, diz que foi tudo um engano, que foi uma brincadeira como você gostava de fazer se fingindo de morto pro Boris. Volta pra mim, papai, volta pra mamãe. Tá doendo, papai, mais que ralado no joelho, mais que dor de dente, mais que dor de ouvido, tá doendo e eu não sei o que fazer, me diz o que fazer. Chora filha, chora e põe tudo para fora, chora e eu vou chorar com você, tá doendo em mim também, ele faz falta, mas vamos ter que nos acostumar, ele não está mais aqui. Minha mãe me abraçou, a sabedoria da idade, apesar da dor estava falando, ela chorava, chorava muito, nós duas chorávamos. Por quê? Por que ele nos deixou, mãe? Eu gostaria de saber, minha filha, gostaria de dizer que foi Deus que o levou, que era a hora dele, que foi um chamado, mas acontece que não sei. Talvez se a gente ligasse pro Élcio. Não quero ligar pra ele, quero meu pai de volta, quero o Boris de volta, quero voltar a ser menina, quando tudo era perfeito e eu nem sabia que era perfeito. Mas não dá, minha filha e você tem o Benê para cuidar. Aliás quem está cuidando dele? A Cleia ia hoje lá, eu liguei para ela, vai colocar ração, trocar a água, enxuguei as lágrimas. Deus o levou... por que Deus é tão cruel? Por que nos fez tão frágeis? Ouvi no velório alguém dizendo que Deus quer os bons com ele. Por quê? Que ser é esse que quer os melhores com ele e deixa os filhos da puta por aqui?

Deus é um mistério, filha. O problema é que os homens querem explicar esse mistério de acordo com eles e não de acordo com o mistério. Deus não está nos templos, ele está nas pessoas, está na natureza, nos bichinhos. No Boris? Sim, principalmente no Boris. Por quê, papai? Porque o Boris é a bondade em forma de cachorro e Deus é bom, minha filha, não acredite no que uns malucos dizem, Deus não castiga ninguém, Deus é puro amor. Você vai encontrar Deus nas coisas puras, não nas paredes de um templo. Então por que tenho que fazer a catequese? Para sentir Deus, meu amor, e a Cléia é uma pessoa ótima para fazer você sentir Deus, porque ela sente também.

Dona Cléia foi minha professora de catecismo. Ela faleceu faz pouco tempo. Fiquei sabendo. Há muito tempo não a via, mas ela realmente me fez sentir Deus. Gostava muito da explicação do meu pai, sentir Deus. Sinto Deus em cada animal que cuido, em cada olhinho desesperado de um tutor ou tutora querendo ajuda. Sinto Deus no olhar das crianças quando veem um bichinho e querem abraçá-lo... mas Deus me traiu, tirou meu pai de mim. Deus não tirou seu pai de você, filha, ele o deu a você. Oi, hein? Acho que cochilei. Sim, meu doce, você estava resmungando enquanto cochilava. Quer comer alguma coisa? Vou esquentar algo para nós. Daqui a pouco alguém da família vai aparecer, talvez a gente consiga se distrair com algo. Não quero me distrair, mãe. Nós vamos ficar bem, filha, você tem sua casa, sua vida, vou pedir para alguma das meninas ficar comigo. Meninas... adorava quando minha mãe se referia a irmãos, irmãs, cunhados e cunhadas como meninos ou meninas, todos na casa dos 70 ou chegando perto. Eu vou ficar aqui esta semana, mãe. Então traz o Benê para cá, vai nos distrair um pouco. Benê era um vira-lata que eu havia salvado tinha uns três anos, deixei-o com os meus pais para distraí-los durante a pandemia, mas eles assumiram que era pesado demais para dois velhinhos cuidar de um cachorrinho tão ativo, mesmo sendo de pequeno porte. Ele vivia comigo há um ano. Eu amava animais, mas nem sempre tinha tempo para cuidar como mereciam, então, de tempos em tempos, eu dava um tempo. Mas Benê era uma boa companhia e me fazia bem. Vou buscá-lo mais tarde. Deixa alguém chegar. Aproveita, filha, e traz umas cervejas, podemos tomar de noite para dormir melhor. Acho muita violência tomar vinho dois dias seguidos. Dona Amália, dona Amália... nós precisamos, filha, nós precisamos.

Saí quando tia Miriam chegou. A família havia combinado que não iriam ficar lotando a casa de gente. Ela havia ligado para o Padre Élcio para marcar a missa de sétimo dia. Eu não queria, minha mãe sim. Não queria porque sabia que após a missa de sétimo dia começaria o luto e eu não queria o luto, lutava contra o luto, eu queria meu pai de volta, infantilmente eu o queria de volta.

Papai, o que acontece quando as pessoas morrem? Elas vão para o céu? Eu gosto de acreditar que sim, minha menina, mas o fato é que ninguém sabe. E se ninguém sabe eu acredito naquilo que me faz melhor.

No que eu acredito? Não sei. Comprei as cervejas antes de pegar Benê. Ele lambeu o meu rosto, deixei, ele gostou das lágrimas. Esther me ligou, Osvaldo me ligou, meu último namorado, o Thierry me ligou. Respondi no automático e sem vontade. Pedi para Esther ir de noite para a casa de minha mãe e levar mais cerveja. Queria me afogar no álcool ou afogar a minha dor, tanto fazia, só não queria mais sentir o que estava sentindo. E sentir era saber que ele estava MORTO.

Agora que você recebeu a primeira eucaristia vamos comer uma pizza. O que acha?

Meu pai amava pizzas e amava sair conosco. Engraçado terem feito tanta questão de um fazer a 1ª comunhão, nunca me obrigaram a ir à missa. Eles mesmo iam pouco, Natal, Páscoa... quase bati o carro em meio aos devaneios. Dobrei a esquina de casa e o Benê latiu reconhecendo o terreno. Tia Miriam estava pronta para ir embora, só me esperando chegar. Aproveitei para levar alguns petiscos, entre eles pizzas, para não bebermos de barriga vazia. Fiquem bem, sabem onde me encontrar. O Eduardo deve passar aqui amanhã, tá enrolando porque tá com medo de chegar e não encontrar o Jão, começar a chorar e entristecer vocês, bobagem, somos todos família. Rimos juntos, sofremos juntos.

Esther chegou logo depois. Ela dava aulas de Filosofia e Sociologia. Amanhã não dou aulas, se tomar um porre hoje não tem problema. Tem sim, mocinha, por via das dúvidas você dorme aqui. A casa é grande, tem três quartos, não vai se arriscar indo sozinha de noite. Mas eu vim de aplicativo, tia. Mesmo assim. A mamãe deu as roupas do papai hoje, mas não quis mexer no estúdio. Ai, tia, eu super entendo, aquele lugar está cheio do tio, tem o cheiro dele, a vida dele, a energia dele, tudo tem um tempo. E vocês estão vivendo o luto... interrompi... não, luto ainda não, não deu tempo, meu pai ainda está presente, ainda o sinto...

A Teté não quer brincar comigo. E por que ela não quer? Porque eu não quero emprestar a Carol. Rafinha, o que nós já falamos sobre isso? Que na república socialista da nossa casa, tudo é de todos. Então? Mas a Carol é só minha, foi você que me deu. Se eu te dei posso tirar, não posso? Pode. Posso, mas não vou porque ela é sua, mas precisa aprender a compartilhar as coisas. A Carol sempre será sua, assim como a Esther sempre será sua prima e sua amiga.

Amiga... sim, a Esther sempre foi minha amiga, minha prima...repartimos muito sorvete, dormimos na mesma cama, vimos filmes de terror juntas, pulamos o muro, dançamos Madonna, imitamos Winona Ryder, choramos com Kate Winslet... e a Carol ficou sendo a boneca de nós duas.

Sabe o que eu não aceito? É essa lógica. Ele estava bem num dia, no outro pum, tibum. Eu já estava meio bêbada. A gente vai ficar doida se tentar achar explicação. Isso nunca tem explicação. Simplesmente acontece e sabe o que eu acho? Fala Esther. Que a gente nunca vai estar preparada, nunquinha. Ela também já estava meio bêbada. Lembra o que aconteceu com o vovô e a vovó? E com seus avós paternos? Tem explicação? Cara, você nem conheceu o seu avô, pai do seu pai, isso é doido. E se a gente pensar, tem tanta morte na nossa vida, um amor que termina e um amigo que vai embora. Você lembra do dos irmãos Berto? O Zé Roberto e o Humberto? Esther bêbada tinha piadas péssimas, mas nós os chamávamos assim, mesmo. Eles eram bonitinhos, fofinhos, lindinhos, eu adoraria ter dado para um deles, mas do nada os caras foram embora, nem se despediram, nunca mais a gente soube de nenhum dos dois, isso é morte também, vai por mim.

Minha mãe estava cansada e não era boa para bebida. Vou deitar, vocês podem ficar aí, lá em cima não ouço nada e vocês têm muito o que conversar. Não esquece de trancar tudo, filha e você, Esther, nem pense em ir embora, se amanhã eu acordar e você não estiver, teremos sérios problemas. Pode deixar, tia, eu tomo café com vocês e depois vou fazer o que tenho que fazer.

Ela está segurando bem, mas está arrasada. Também pudera, Rafa, 48 anos juntos, é tempo pra burro. Nós nunca vamos conhecer essa felicidade. Nem quero. Ah, vai dizer que você não quer ter um carinha legal na sua vida?

Tô com a vida resolvida, Teté, quero sexo, umas saídas legais, mas não sei se tenho paciência para romance. Todo mundo quer romance, Rafa. Duvido que se aparecer um cara legal você não fica com ele. Por falar em cara legal, Teté, e o Maurinho? Ele é meio empacado. Devagar até pra transar. Mas é carinhoso, bom papo, mas não sei, tô deixando rolar.

Papai, o que é namorar? Você e suas perguntas, Rafa. Deixa ela, Lilinha. Curiosidade de criança. Tininho, então, é muito nova para querer saber disso. Bom, filha, quando duas pessoas se gostam, mas se gostam muito, elas querem ficar juntas. Isso é namorar. Então eu e a Teté somos namoradas.

Não, eu nunca namorei com minha prima, embora a gente tenha se beijado uma vez para saber como era e treinar quando fosse beijar algum menino, mas eu sempre fui apaixonada por ela e espero sinceramente que nós duas arrumemos caras legais na vida. Não para virarmos moças casadoiras, mas porque nós merecemos pessoas legais na nossa vida.

E me fala, Rafa, esse coraçãozinho tá como? Um tubarão quis comer minha amígdala, os olhos inundaram. Tá foda, Teté, tá doendo demais, eu só quero chorar e não consigo acreditar que ele se foi. Tem certeza que ficar nessa casa é legal para vocês? Sei lá vende, vão morar em outro lugar. Aqui deve ter lembrança pra caralho! Tem, muita, mas ao mesmo tempo é nossa história, eu vivo aqui desde os 7 anos. Minha mãe ama isso aqui. Mas seu pai... eu a interrompi. MORTO. Sim eu sei, ela o viu aqui, caído, eu o vi aqui caído, é foda, é uma merda, tudo isso é uma merda e eu não sei o que fazer, tenho vontade de berrar, de socar a parede, de chutar o saco de alguém. Porra, hoje uma doida amiga da minha mãe ligou para saber como a gente tava, às 7h da manhã, caralho! Meu pai morreu, sua louca sem noção, como quer que eu esteja? Quer que eu dê uma festa? Que eu dance na rua? Mais lágrimas. Deixa eu ficar no teu colo, Teté, faz cafuné. Claro que faço, meu amor, deita aqui, você sabe que tô aqui pra tudo, né? Não precisa falar nada, chora, chora, põe tudo para fora, eu choro junto com você.

Pai, é você, tá aí? Oi, filha. Eu tô bem, tá tudo bem. Você e sua mãe vão ficar bem. Desculpe não ter me despedido, não deu tempo, eu queria, mas não deu tempo. Quando eu vi tudo ficou escuro e eu não estava mais aí.

Acordei tremendo e chorando. Tá tudo bem, Rafa, foi só um sonho, você cochilou. Vamos dormir, vamos. Eu te levo pra cama. Ainda tem a bicama no quarto de hóspedes? Tem sim. Vamos lá, amanhã a gente arruma essa bagunça, pera, ei, acho que estamos mais bêbadas do que pensamos. Lembra do último carnaval antes da pandemia? Que loucura! A ideia de fumar o beck foi sua? Não ria, vai acordar a mamãe. Mas a ideia de beijar o Flávio foi sua. Nú! E ele era feio demais! Só com beck mesmo. Psiu. Fecha a porta. Não conseguíamos parar de rir.

Pai, a gente pode ir no show do Skank? Quem? Uma banda nova aqui de Beagá. Quem vai? Eu, a Teté, a Lê e a Fá. Eu levo e vou buscar. Oba! Se sua mãe deixar também. Ah, pai. Não tem negociação. Ela deixou! Rafa, estou confiando em você, se aprontar algum, não tem mais show nenhum.

Confiança, sim, confiança. É por isso que você não entrou no estúdio? É... aprendi com eles que se acabar a confiança, acabou tudo. E nós fizemos direitinho naquele show, na hora marcada estávamos no lugar combinado. Tudo bem que dentro do ginásio... rimos mais ainda. Seu pai era um cara legal, meio esquisitão com aquele jeito calado, mas ele era legal. Sabe que agora nem o acho tão calado assim, ele não desperdiçava palavras, mas tenho tantas lembranças dele falando comigo. Mas ele era o rei das respostas curtas. É que ele descobriu que nem sempre as palavras eram necessárias, entendi isso hoje, pensando nele. Rafa? Que é, Teté? Você me chama pro seu casamento? Cê sabe que vai ser minha madrinha, né? Você tá bêbada. Você também. Vai dormir. Ela não me respondeu.

Rafa? Oi, papai. Eu morri? MORTO. Morreu, papai. Você não sabe? Não sei onde estou, Rafa, está tudo escuro aqui, não consigo respirar. Eu tô vivo, Rafa, eu tô vivo e estou trancado nesse negócio de madeira. Me tira daqui, Rafa, me tira daqui!

Rafa, Rafa, acorda, você tá gritando. Oi, mãe. Ficamos preocupadas. Tive um pesadelo. Sonhei que meu pai tinha sido enterrado vivo. Tá tudo bem, filha, está difícil para nós duas. Mãe... Não, ninguém entra no estúdio até minha ordem, já falei e nem me venha com a desculpa que os pesadelos são por causa disso, os pesadelos são porque você não consegue aceitar que seu pai está MORTO. Ela começou a chorar. Ele está MORTO, Rafa, e nós temos que aceitar isso, está difícil, dói, mas uma hora vamos ter que aceitar. Eu vou ligar pro Padre Élcio, hoje, falar para ele vir aqui, conversar com a gente. Vão precisar de mais cerveja. Teté! Desculpe, vou escovar os dentes.

Padre Élcio chegou no finzinho da tarde. Eu estava brincando com o Benê no quintal. Foi Benê que o viu chegar e saiu correndo para pular nele. Estava na porta da cozinha que dava para o quintal. Tive um déjà vu. Sorri sem graça. Pensei em Boris, pensei em meu pai. MORTOS. O coração doeu. Sua mãe me disse que tem tido pesadelos. Foram só dois. Não é nada demais, vai passar. Rafa, há quanto tempo eu te conheço, quantas confissões ouvi suas? Pelo menos uma por ano, na Páscoa, quando meu pai fazia todo mundo ir. Então... então? Eu sei quando você está mentindo ou pelo menos querendo fugir do assunto. Padre Élcio, meu pai está morto, estou sofrendo, está doendo, é isso, normal ter pesadelo, qualquer psicólogo de botequim diria isso. Não sou qualquer psicólogo de botequim e te conheço desde menina, desde que você corria nesse quintal atrás de um cachorro feito uma maluquinha, que subia naquela goiabeira e deixava sua mãe doida com medo que você caísse. A goiabeira...

Mãe, pai! Tem uma goiabeira no quintal. Será que posso ter um balanço? E uma casa na árvore? Será que posso chamar minhas amigas da escola e fazermos uma festa para as bonecas? Calma, Rafa, vamos primeiro nos ambientar, conhecer a vizinhança, sabe quem mora logo ali? Não sabia.

Uma família muito importante para a música. Legal. Posso ter um cachorro? Posso ter uma galinha? Posso ter um hamster? E um gatinho? Calma, minha filha. Talvez um cachorro. Amália, não prometa o que não sabemos se vamos poder dar. Duas semanas depois o Boris entrava na minha vida. Era um filhote de uns 4 ou 5 meses. Nas noites em que eu dormia e meus pais ficavam até tarde conversando, bebendo, às vezes transando, minha mãe havia convencido meu pai a comprar um cachorrinho. Uns dias depois, um conhecido disse que tinha uma cadela e ela havia dado cria. Ele devia uns favores para o meu pai e não cobrou nada pelo cachorrinho. Foi um dos dias mais felizes de minha infância. Não importava que eu tinha amigos, primos, agora eu tinha companhia em todos os momentos, não era mais uma filha única, tinha um irmão cachorro com quem eu podia compartilhar meus medos, minhas frustrações, minhas raivas. Às vezes eu não gosto do papai, Boris. Ele não faz como os outros pais, não brinca como os outros pais, fica querendo me ensinar coisas que são chatas, eu quero ver TV, quero ver a Xuxa, quero ver a tv Globinho e ele fica querendo que eu leia o tempo todo, querendo contar umas histórias estranhas sobre gente do espaço, sabia que ele gosta de ver coisas sobre gente do espaço. Chama de fic... ficção, como é mesmo o nome? Isso, ficção científica! Meu pai é doido com isso. Ele aluga uns filmes para ver, eu não gosto, prefiro ver desenhos, os filmes da Xuxa, ela é muito legal, eu tenho alguns discos dela, a mamãe que me deu, o papai não queria, mas eu ganhei mesmo assim. Boris! Você já tem 5 anos, seja um menino educado com o Osvaldo. Isso, menino bonito. Papai, podemos ir ao cinema hoje? Tá passando Free Willy. É sobre uma baleia assassina que vira amiga de um garotinho. Como assim não é baleia? Como não é assassina? Você está mentindo! Por que é sempre tão chato e sempre quer saber de tudo? Eu tenho 13 anos e sei de muita coisa! Se não me levar vou arrumar alguém para me levar! O pai do Osvaldo é mais legal que você!

Vocês estão passando por dias difíceis, é normal estarem tristes, mas você pode estar precisando de ajuda. Eu sou padre e amigo da família. Está tudo bem Padre Élcio, vamos entrar e tomar umas cervejas. Minha mãe esquentou no micro-ondas as pizzas que haviam sobrado, eu abri uns latões e ele parou de tentar me analisar. Mas começou a conversar com minha mãe sobre os desígnios de Deus, coisas que não podemos explicar, mas temos que aceitar. Minha mãe ouvia resignada. Ela sempre foi uma boa ouvinte.

Mãe, mãeeeeeeeee, mamãeeeeeeee!!!!!! Eu tô sangrando! O que é isso! Eita que minha menina virou uma moça! Eu tô com medo, não quero sangrar. Calma, filha. Isso acontece com toda mulher. Chama-se menstruação. Por que ninguém nunca falou sobre isso comigo? Porque ainda não era hora e eu não esperava que você menstruasse aos 10 anos. Eu ia conversar com você esse ano, te preparar. Ainda bem que você estava em casa, se fosse o papai ia deixar eu ficar sangrando. Tome, pare de falar bobagem, isso é um absorvente, fique calma, vou te explicar tudo. Não quero que o papai saiba. Filha, seu pai te ama. Mas ele vai deixar de me amar se souber que eu sangrei. Pare de bobagem, Rafa. Tenho certeza de que ele vai ficar orgulhoso e feliz.

Orgulhoso e feliz!

No dia seguinte, meu pai chegou com um buquê de flores, uma caixa de chocolates e me deu um abraço. Eu estava entrando no que hoje chamam de pré-adolescência e andava resmungona, respondona, meu pai ficava bravo e minha mãe ouvia.

Mamãe, o que eu vou fazer? Eu estou gostando do Miguel. Ele gosta de você, filha? Não sei. Os meninos são tão chatos aos 11 anos de idade. Posso te perguntar uma coisa? Pode. Você já beijou algum menino? Argh! Beijar na boca? Eu não, deve ser nojento. Rindo. Tenho certeza de que daqui a bem pouco tempo você vai adorar beijar na boca e vai deixar seu pai bem preocupado. Por quê? Porque vai deixar de ser a menininha dele e vai começar a trilhar seus próprios caminhos. Não quero deixar de ser a menininha do meu pai, mesmo ele sendo chato de vez em quando. Mas um dia você vai, filha, um dia você vai.

Pai, esse é o Duda. Eu sou o Eduardo, senhor. Todo mundo me chama de Duda. A Rafa sempre fala do senhor. Prazer Duda, quantos anos você tem? Eu tenho 14. E como são suas notas na escola? Sou bom em matemática, péssimo em geografia, razoável em português, gosto mesmo é de história e de jogar futebol. Sou fã do Romário, sabe?

Teus lábios só não me disseram **adeus**

Era sempre a mesma coisa, o mesmo ritual de perguntas. Por onde andará o Duda? Ele morava perto do bar do Orlando. Depois se mudou, nunca mais soube dele. Você sabe, mãe? Ela estava tomando um gole de cerveja. Não sei. Muita gente mudou do bairro, tem muito pessoal novo, que chegou de 2010 para cá. O papai sempre perguntava sobre os estudos, poucos passavam no interrogatório. Seu pai valorizava muito estudar, Rafa. Hoje eu sei, mas na época achava ele um chato com aquelas perguntas. Idiotice de adolescente. Como eu queria ter aproveitado mais o meu pai. Você está vendo, Rafa, a vida é assim... Padre Élcio toma mais uma cerveja. Eu estava com zero paciência para aquela conversa. Não queria saber o que a religião dizia sobre a morte, meu pai estava MORTO, eu estava puta com o universo e a única coisa que me fazia sentido eram os versos de Espelho: *troquei de mal com Deus por me levar meu pai.* Não seja grosseira, Rafaela, o Élcio está aqui como amigo, não como padre, mas é função dele falar por meio da teologia que ele sabe. Teologia que seu pai apreciava muito. Olhe, sei que está com raiva, Deus às vezes não parece justo, não é justo que pessoas boas sofram, mas elas sofrem. Seu pai sabia disso, por isso ajudava tanta gente, por isso apoiava os movimentos sociais, por isso se oferecia como advogado para causa que outras pessoas pensavam ser perdidas. Eu gostaria de ter uma fórmula mágica, mas não tenho. Tudo o que eu tenho é a fé e a confiança que Deus é bom, que Deus lhe deu a oportunidade de conviver com seu pai, não sei se você aproveitou tudo que poderia, se disse tudo que queria...

Eu te amo, papai! Eu sei que às vezes sou chata, turrona e que do alto dos meus 14 anos quero ter sempre razão, mas eu te amo, muito e muito. Eu também te amo, Rafa. Você é uma menina muito especial. Me dê um abraço.

Padre Élcio continuou falando, e bebendo, eu estava voando por algum lugar entre o agora e as recordações. Minha mãe sorria cansada. No mais contem comigo para o que precisarem. Vou embora, amanhã tenho missa cedo. Rafa, vou te dizer uma coisa, em minha vida sacerdotal eu já vi muita coisa. Vi crianças de 5, 6 anos morrerem. Que sentido há nisso? Nenhum.

Se eu não confiar que Deus tem um propósito para todas as coisas, não poderei mais viver. Abracei-o e dei um beijo carinhoso e sincero no rosto. Eu sei, Padre Élcio, eu sei.

Bebemos, eu e minha mãe, em silêncio até o sono vir.

De manhã, fomos para a rua. Ainda precisávamos resolver algumas coisas. Mandar fazer os santinhos para a missa de sétimo dia e... pegar as cinzas de papai. O convite eu havia enviado por WhatsApp. Foi um momento tenso. Só eu e minha mãe. Eu voltei dirigindo, ela segurando a urna, fazendo carinho, como se ali ainda houvesse o marido. Vamos jogar as cinzas na Serra do Cipó, ele ia gostar de estar na natureza. Não comece, Rafa. Mãe, temos que fazer algo com as cinzas, você não vai ficar guardando isso em casa. Não é isso, é seu pai, tenha respeito! Uma vez essa semana seja respeitosa. A Norma me contou como você a tratou, ontem foi o Padre Élcio, pelo amor de Deus, você tem que agredir todo mundo, não pode sofrer sem agredir, é assim desde pequena, qualquer frustração e sai batendo porta, quebrando coisas. Você já tem mais de 40 anos, não é mais a menininha do papai, veja se cresce um pouco. Encostei o carro no primeiro canto que consegui na Andradas. Você está louca, mãe? Tudo que fiz até agora foi por você, para te proteger, para te poupar, estou ajudando no que posso e você fica aí dando uma de ingrata, me xingando, me maltratando. Sim, estou puta porque o papai morreu, estou puta porque não pude entrar até agora naquele maldito estúdio e pegar o que é meu, estou puta porque a vida de todo mundo segue e a minha está vazia, estou puta porque estou tendo que aguentar suas manias e suas ladainhas. Foi você que quis ficar na minha casa, eu disse que não precisava. Você afastou todo mundo, ninguém mais quis vir em casa depois que você se aboletou lá? Mãe, do que está falando, as tias e os tios têm te ligado, disseram que não querem te incomodar... ela começou a chorar, mas eu não me sinto incomodada, me sinto só, me sinto abandonada, me sinto uma menina desamparada que não sabe o que fazer depois de tanto tempo vivendo e amando um único homem. O que eu vou fazer, Rafa, o que eu vou fazer? Eu tenho tanto medo, tanto medo de ficar sozinha, de não dar conta de mim, de ficar louca. Nos abraçamos. Vai ficar tudo bem, mamãe, vai ficar tudo bem. Você acha que não tenho memoria com seu pai? Você acha que não fico me relembrando cada segundo que

Teus lábios só não me disseram **adeus**

passei ao lado dele? Eu o vejo andando por todo lado naquela casa, sentado na cozinha me vendo preparar a comida, cortando petiscos e abrindo vinho para nós. Me vejo deitada na cama com ele, conversando, falando sobre a vida, fazendo planos, preocupados se você estava bem, se todos estavam bem. Eu ouço seu pai me dando bom dia, filha, todos os dias. Não é só você que está sofrendo. Não quero que ninguém entre no estúdio porque é como se seu pai ainda estivesse ali, trancado, trabalhando, como se a porta fechada mantivesse o espírito dele em casa. Agora ligue esse carro e vamos tomar um café no shopping. Obedeci no automático. Seu pai odiava a Serra do Cipó, reclamava sempre nas poucas vezes que íamos para lá. Eu vou jogar as cinzas do seu pai, mas em um lugar que sei que ele amava. Acho que o Bolão não vai querer receber as cinzas dele. Rimos. Meu pai adorava comer no Bolão e era um dos poucos momentos em que eu o via tomando cerveja. Depois da missa de sétimo dia jogaremos as cinzas dele na Serra do Curral e não toquemos mais no assunto. Estou aliviada. Achei que ia querer jogar no Independência. Rafa, você sabe ser cruel. Por falar nisso, vou dar a bandeira do América que usamos no velório do seu pai para o Eduardo. Acho que ele vai gostar de guardar e seu pai ia gostar de que ele recebesse. Entramos no estacionamento do shopping, estacionei o carro e fomos bater perna por algumas lojas, sem muita paciência, minha mãe nunca gostou de shopping e eu herdei sua aversão. Sentamos em um café. Ô, mãe, tô achando tão estranho o tio Eduardo não ter ido na sua casa, ele liga, mas sempre fala o mínimo possível. Ele está sofrendo, de todos nós deve ser o que mais está sofrendo. Não faça essa cara. Seu tio amava seu pai e seu pai amava seu tio. Eram unha e carne. Lembra dos churrascos em casa?

Jão, ô Jão, essa picanha sai ou não sai? Primeiro vai ter que comer a minha linguiça! Essa linguicinha mixuruca, não faz nem cosquinha. Toma essa cachacinha, trouxe lá do interior. Coisa de primeira, Jão. Boa mesmo. Traz uma garrafa para mim dia desses.

Era um tal de Jão para cá Jão para lá que a gente não sabia quem era quem. Seu pai gostava de bebidas destiladas. Não tomava cachaça sempre, mas de vez em quando ele se empolgava. Lembro de um Natal, muito antes de você nascer, a gente tinha acabado de casar. O Eduardo era solteiro ainda, tava começando a sair com a Miriam. Seu avô Gervásio tinha um amigo que sempre trazia uma cachaça do sítio dele. Seu avô adorava uma cachacinha. Bom, eu sei que nesse Natal, seu pai daquele jeito, todo calado, educado, começo de casamento, a gente em uma pindaíba danada, não me lembro, acho que não tinha passado no concurso do ministério público ou tava esperando me chamarem... bom, estávamos esperando seus avós paternos chegarem com seus tios. O Eduardo sugeriu que, antes de tomarem qualquer coisa, experimentassem a tal cachaça, era um garrafão de cinco litros. Minha mãe começou a gargalhar. Seu pai, todo sem jeito de dizer não, que preferia ficar no vinho, começou a tomar, a cachaça devia ser muito boa, porque ele começou a tomar com gosto. Quando seus avós e seus tios chegaram, eles já estavam bem animados, imagina, seu pai cantando Frank Sinatra. A Cecília era menina ainda, tava dormindo ou tinha ido na casa de uma amiga, quando viu tudo aquilo arregalou os olhos. Enfim, tomaram um porre daqueles. No dia seguinte não tinha água que desse conta. Mas seu pai disse que tinha dois engradados de cerveja e que tinham que tomar no dia 25 não importava o tamanho da ressaca. E o vovô Tomáz? Ficou bêbado junto. E ria. Sua avó Ercília saiu brava, disse que não voltava no dia seguinte, mas acabaram voltando. Foi a primeira vez que vi minha mãe rindo daquele jeito desde domingo.

A mamãe vai gostar do nosso presente, né, papai? Hum, hum. Que inventou o Dia das Mães? Filha, na verdade foi alguém que queria ganhar dinheiro com isso, mas gosto de pensar que foi para tornar-se um dia, pelo menos um dia, do ano, muito especial para todas as mães. Mas o que eu gosto mesmo é de ver sua mãe sorrindo, eu amo o sorriso de sua mãe, faço qualquer coisa para ver aquele sorriso.

Meus pais se amavam. Nunca vivi um amor desse jeito, embora tenha tido alguns amores na vida, nem sonho em ter um como os dos meus pais. Fizemos o caminho de volta para casa mais leves. Brinquei com o Benê um

Teus lábios só não me disseram **adeus**

pouco e fui tomar banho. Olhei-me no espelho pela primeira vez naquela semana sem ser de forma automática. Eu estava abatida, um pouco mais magra, meio descabelada, mas continuava um pedaço de mau caminho. Nunca tive problema de autoestima, eu sabia que era bonita, embora nunca tenha usado isso para humilhar ou me beneficiar. Por que, então, não tinha arrumado um amor como minha mãe? Eu não era chata, não tinha bafo, não peidava durante a noite, só roncava quando bebia umas a mais, não fumava, era inteligente, bom papo, culta, então por que os namorados iam e viam da minha vida sem parar? Eu só queria um amor, um único amor que durasse, não precisava ser para sempre. O pra sempre, sempre acaba, disse Renato Russo certa vez. Mas queria alguém que durasse um pouco mais de tempo na minha vida. Você colocou o sarrafo muito lá em cima, disse minha psicóloga, compara todos com seu pai e seu pai para você é um exemplo de perfeição.

Você é chato, chato, chato, muito chato! Mas que gritaria é essa, Rafa? É meu pai, essa mala sem alça, estraga prazeres! Alguém pode me explicar o que está acontecendo? Eu chego do trabalho e o caos está armado na casa dos Graça Rios! Lilinha, a Rafa quer ir a um barzinho com uns amigos, eu disse apenas duas coisas: que ela não tem idade para ir e que é muito longe. E eu disse que a gente vai com o irmão do Bruno, ele vai dirigindo, já tem 19 anos. O Leco? Mas nem se Jesus Cristo vier à Terra! O Leco é completamente maluco, usa umas coisas esquisitas. Nem pensar mocinha. Você vai ficar em casa. A gente vê um filme, deve ter algo na TV a cabo, afinal pagamos caro para assinar, vamos aproveitar, né? Mas todo mundo vai. Você não é todo mundo, Rafaela. Vocês dois são chatos e velhos! Vou para o meu quarto ouvir música. Não bata a... plam!... porta...

Rafa, será que tem algum filme nesses canais de streaming? Alguma estreia que faça a gente esquecer do mundo? Minha mãe trouxe uns petiscos e as cervejas. Filme sempre tem, mãe, se a gente vai querer ver é outra coisa. Tentamos. Procuramos, nada estava bom. Tentei em outros streamings, meu pai e minha mãe assinavam vários. Tanto streaming e não tem nada para ver. O problema não está nos filmes, filha. Seguimos nosso ritual de beber, comer, chorar e lembrar.

Até o sábado, dia da missa de sétimo dia, foi o que fizemos. Durante o dia resolvíamos coisas práticas, de noite nos entorpecíamos e eu tinha pesadelos.

Então, na sexta, a Ângela chegou para limpar a casa. Abraçou minha mãe com carinho, derramou algumas lágrimas. Já tomou café, Ângela? Já sim, Rafa, obrigada. Ângela, por favor, começa pelo estúdio, limpa tudo com o máximo cuidado. Tem uma caixa em cima da escrivaninha, deixa ela lá, por favor, depois que terminar de limpar deixa a porta fechada, cuidado quando arredar os móveis. Tá bem, dona Amália. O resto é tudo igual. Vou sair com a Rafa, a gente deve voltar no final do dia. Ah, o Benê você já conhece. Põe ração, troca a água, por favor, não deixa que ele entre na casa depois de limpa porque ele faz bagunça. A Rafa deixa ele dormir com ela no quarto, ela pensa que eu não ouço quando ela levanta de noite e põe ele para dentro. Mãe, ele está acostumado. Tudo bem, filha, mas quero chegar com a casa arrumada, depois é depois.

Levei minha mãe pela cidade. Lembrei de Thelma & Louise, era assim que parecíamos. Não ia achar ruim encontrar um Brad Pitt pelo meio do caminho, ele podia até me roubar. Carência, Rafaela, é a famosa PCA, puta carência acumulada. O trânsito agarrou na Afonso Pena, eu queria levar minha mãe para almoçar em um lugar diferente, queria que a gente se distraísse um pouco, passasse uma tarde relaxante. Vamos na Casa dos Contos. Quando você era criança a gente ia muito lá. Mãe, lá é tão cheio de lembranças. Depois de amanhã pensamos nisso. Hoje quero ir lá. Como discutir com uma senhora de 71 anos, viúva e que é sua mãe. Ao entrarmos, o Décio, garçom que trabalhava lá desde que o mundo é mundo nos atendeu. Ele sabia que meu pai estava MORTO. Claro, o mundo sabia, os jornais tinham noticiado, saco. Sentamos em uma mesa que tinha vista para a rua, pelo menos ia dar para distrair vendo os carros e as pessoas passarem. Pede uma caipirinha para mim. Não é justo, não vou poder beber. Bebe pouco, mas bebe, se nos pararem vamos fingir demência, dizer que perdi o marido e estou paranoica e que minha filha está histérica por conta disso. Alguém disse Thelma & Louise? Não é de todo mentira. Qual parte, da paranoia ou da histeria? Rimos. Você está muito saidinha dona Amália. Filha, temos que deixar a ferida cicatrizar, uma hora ela vai cicatrizar, ela ainda está aberta, ainda está sangrando, mas vai melhorar. Espero que não tenha que passar Merthiolate para melhorar.

Não, Merthiolate não, já melhorou. Rafa, você tirou o tampão do dedo, precisa deixar passar, se não, não sara. AAAAAAAAAAAAAH-HHHHHHHHHHHHHHH!!!!! O papai vai assoprar. Tinha que ir jogar bola com os meninos na rua, né? O Gabriel precisava completar o time. Poderia pelo menos ter colocado a conga. Todo mundo tava descalço, iam me chamar de mulherzinha. Mas você é mulherzinha, filha. Não sou, papai, sou corajosa e muito mais forte que aqueles meninos. Tá bem, Mônica, dona da rua, agora deixa eu enfaixar esse dedo e nada de andar descalça.

Minha mãe tomou duas caipirinhas e eu umas três cervejas, comemos um filé *surprise* e despencamos de volta para Santa Teresa, eu rezando para não ter blitz. Parei o carro em casa. A Ângela ainda deve estar aí. Hoje é sexta, sextou. Vamos a pé até o Bolão. Vamos tomar mais, dona Amália? Que exemplo a senhora está dando para os seus netos? Eu ainda não os tenho, quando você me der eu penso nisso. Rimos novamente. Andávamos rindo e bebendo muito. Precisávamos daquilo, precisávamos lidar com a ferida, mas como ainda não sabíamos o que fazer, usávamos o recurso de todos os filmes de cowboy ou de guerra que eu conhecia, jogávamos álcool na ferida até que ela sarasse.

Voltamos tarde, as duas bem pra lá de Bagdá. Não me lembro de ter deitado na cama. Acordei aos berros e suada com o Benê lambendo o meu rosto. Minha mãe ainda dormia. Dez da manhã. A missa é as 18h, dá tempo de nos recompormos. Desci. Tomei água que dava para inundar o Saara, preparei coisas para comermos, me certifiquei de ter coca gelada, deixei o Benê ir para o quintal. Meu celular tocou, era a Esther. Expliquei que estava tudo bem e que queria fazer um almoço para todo mundo no domingo. No quintal da casa da minha mãe. Sim, tenho certeza. Avisa todo mundo, Teté, por favor. Sim, os primos também. Mamãe está se sentindo abandonada. É surpresa, tá?

A missa escorreu pelos olhos de todos. Padre Élcio estava inspirado, quase me fez fazer as pazes com Deus. Eu ainda estava muito brava com ele para o perdoar. Tio Eduardo me abraçou, me agradeceu, pediu desculpas. Primos, primas, agregados, tios e tias nos abraçaram. Tio Paulo e tia Sara me abraçaram. Amanhã estaremos lá. Pedi desculpas para a Norma, mas não a convidei, era só família.

Chegamos em casa exaustas e fomos dormir. Dessa vez coloquei o Benê para dentro com as bênçãos de minha mãe.

Rafa, cadê você, está tudo escuro, por que você me abandonou? Você vai esquecer de mim e eu vou morrer. Eu não vou esquecer de você, papai. Vai sim, aí eu vou estar morto para sempre! Papai! Eu não vou te esquecer, não vou, papai!

Acordei gritando, chorando, o Benê latindo, suada. Minha mãe veio me abraçar.

No dia seguinte, levantei cedo. Mal havia pregado o olho depois do pesadelo. Sempre fui uma ótima cozinheira, mas preguiçosa. A Esther tinha avisado para cada um levar um prato, eu resolvi fazer uma carne ao molho madeira que deixava todo mundo louco. Peguei o estoque de cerveja e coloquei para gelar. Pus uns vinhos também. Segunda-feira era emenda do feriado de finados. Não era o melhor domingo para fazer uma reunião daquelas, mas dada a situação pensei ser adequado. MORTO. Dia dos Mortos. Você teve pesadelo de novo. E isso está cheirando bem. Minha mãe me abraçou por trás e me beijou o rosto. Pela olheira você não dormiu nada. Precisa falar sobre isso com alguém, Rafa. Eu vou cuidar disso depois do feriado, mãe. Nossa, tem feriado, né? Com tudo isso, nem lembrei. Melhor não pensar nele, mãe. Por quê? Por que é Dia dos Mortos? Filha, teremos que encarar a situação. Seu pai está MORTO. É, eu sei, mas me preocupo com você. E eu com você, filha. Preparei um café. Eu já comi. Mas que pressa é essa para um domingo? Quero deixar tudo pronto. Hoje o almoço vai ser especial, em homenagem à mulher mais maravilhosa da minha vida. Sapequei-lhe um beijo! Obrigada, filha. Precisamos comer bem, ontem nem jantamos.

Teus lábios só não me disseram **adeus**

Onze e meia o povo começou a chegar. O sorriso de surpresa de minha mãe fez meu coração quase parar de sangrar. Tio Paulo e tia Sara chegaram, logo depois o Leandro com o marido. O Leandro é filho do tio Paulo e da Tia Sara. E a Felipa não vem? Lógico que vem, mas você sabe, com criança é sempre uma mudança. Tia Ceci e o marido e os filhos, a Esther, o irmão dela, o Guto. Cadê o Eduardo e a Miriam? Eles foram os últimos a chegar, foi o momento mais triste do dia. Tio Eduardo simplesmente não conseguia entrar em casa. Chorava e não conseguia passar da porta. Eu o ajudei e perguntei tentando imitar a própria voz dele, quer uma cachacinha? Todo mundo riu e ele quis mesmo. Aquele momento era só nosso, era uma homenagem a meu pai, tentava fechar o ciclo da morte para abrir o ciclo do luto. Bebemos, comemos, rimos, choramos, lembramos das festas, das maluquices, esquisitices, das brigas, enfim, tudo que uma família tem. O Leandro e o marido, Felipe, deram uma boa nova que estavam em fase final do processo de adoção de um menino. Era a vida seguindo seu ciclo. Os dois filhos de Felipa corriam atrás de Benê e me lembravam de minha vida com o Boris. Queria que tudo parasse ali, seria um bom fim, eu olharia para um canto da casa e veria meu pai, olhando e sorrindo de volta, enrolando seu bigode e sabendo que todos ficariam bem, mas a vida não é um filme hollywoodiano nem meu pai era um Jedi, de modo que a maioria foi embora e ficamos apenas um *petit* comitê. Eu, mamãe, Esther, tio Eduardo e tia Miriam.

Eu daria até alma pro diabo pro Walter estar aqui com a gente! Tio Eduardo estava o bêbado emotivo, soltando tudo que não tinha soltado até agora. Ele está aqui, Eduardo, pode ter certeza de que está aqui. Ao contrário de meu tio, eu estava bêbada e raivosa, mas amava demais a tia Miriam para dizer algo contra ela. Minha mãe estava alheia a isso tudo, tomava a enésima taça de vinho e olhava perdida em si mesma. Esther teve um ataque de risos como só ela sabia ter. Ao tio Walter, que consegue juntar essa família mesmo depois de... ela engasgou, fui eu que falei. MORTO. Brindamos a ele, brindamos a nossas dores, brindamos a nossa raiva e eu brindei às minhas frustrações e a não ter um amor como meu pai era para minha mãe. Deixa disso, Rafaela, que coisa piegas, você sempre foi livre e independente, não precisa de nenhum homem para ser realizada. Copo sabido. Brindei à minha mãe, uma mulher que eu admirei e admiro sempre. Acho que brindamos mais

51

umas 15 vezes antes de percebermos que estávamos bêbados em um nível muito, muito elevado. Esther pediu um aplicativo para os pais e ficou de levar o carro na manhã seguinte. Ainda ficamos as três, bebendo e rindo sabe-se lá do que, filosofando sobre a vida, conversando sobre o nada, até chegarmos ao ponto da melancolia etílica, quando tudo está perdido e só Nietzsche faz sentido. Benê dormia pesado, minha mãe já tinha durado mais do que uma senhora de sua idade permitiria, mas ela também sabia que precisava daquilo para tentar cicatrizar a ferida, então continuávamos teimosamente ali, como se por encanto meu pai fosse despencar como um peixe frito em um copo de água da goiabeira. Por que eu nunca vi Jesus na goiabeira? Esther perguntou e riu antes da gente começar a rir. Talvez porque ele só frequenta o Monte das Oliveiras. Mais risos. Se o Padre Élcio estivesse aqui ia chamar vocês duas de blasfemas. O Padre Élcio faria piadas ainda melhores que as nossas. Quem está fazendo piada? Um brinde ao Jesus na goiabeira disse minha mãe! Ao Jesus na goiabeira!

Meu luto começou no Dia de Finados, após espalharmos as cinzas de meu pai a partir de uma trilha na Serra do Curral. Voltamos para a casa que por anos tinha sido o lar de nós três, mas agora era só de minha mãe. Fiquei pensando no que é o luto. É a presença da ausência, uma espécie de rompimento amoroso só que com a certeza de que o ser amado nunca voltará. Já havia lidado com a morte de meus avós maternos, mas era pequena para ter a dimensão da dor. Na época minha mãe ficou ensimesmada, mas tinha uma criança que não lhe dava folga e um marido que lhe dava apoio. A primeira vez que lidei, realmente, realmente com o luto foi quando Boris morreu. Eu tinha 17 anos, estava prestes a fazer vestibular e fiquei muito mal, quase não comia, emagreci muito, andava pela casa em silêncio ou ficava trancada no meu quarto, não queria ir para a escola, nem a proximidade da formatura me animava.

Posso falar com você? A porta estava fechada por algum motivo. Eu bati, você não respondeu. Seu pai e eu estamos preocupados, filha. Você não é assim. Você é forte, responsável, sei que está doendo, que você amava muito o Boris, nós também o amávamos. Tá doendo muito, mãe. Eu sei querida. Seu pai o levou para o veterinário, eles vão enterrá-lo. Nós não podemos acompanhar? Não, queria, mas não podemos. Chore, chore muito, ponha para fora. Como você aguentou a morte do vovô e da vovó? Eu pensava em você e a dor se transformava em amor. E o papai quando os pais dele morreram? Você sabe como é seu pai, não quer dar trabalho, não quer falar sobre a dor, eu sabia que ele chorava escondido, mas um dia, ele tinha tomado umas a mais, eu aproveitei para falar com ele, então desabou. Aquele homem, daquele tamanho, chorava como uma criancinha. Ele também está muito triste pelo Boris, chorou pelos cantos, tentando não mostrar que chorava, mas eu conheço seu pai. Não é fácil lidar com essa dor filha, sinto falta de minha mãe e de meu pai até hoje, mesmo tendo passado tantos anos, mas dou graças a Deus porque tive você e seu pai para ajudar a cicatrizar meu coração. A dor acaba virando outra coisa, vira uma saudade, essa sim, nunca passa, é como se a ausência estivesse sempre presente.

A ausência sempre presente. A sabedoria da minha mãe tinha deixado essa marca em mim. Ela sempre foi uma mulher extraordinária, foi pioneira na defesa do direito das mulheres, apoiou quando as primeiras delegacias da mulher começaram a surgir, sua atuação no ministério público era sempre muito destacada e ainda arrumava tempo para brincar comigo, cuidar das dores de meu pai, ajudar a quem pudesse. Mas agora lidávamos com algo diferente. Éramos só nós duas e precisávamos voltar para a realidade. E a realidade é que uma havia perdido o companheiro de 48 anos de vida e a outra o pai que tinha sido herói, carrasco, amigo, ser inalcançável...

Eu nunca vou conseguir ser como você. Não sou heroína, não sou santa, não sou candidata a Madre Teresa! Você tem 16 anos, é inteligente, culta, capaz e consegue entender que não pode ir a todo lugar. Mas é só um acampamento, pai. Filha, não há telefone lá, se acontecer algo não temos como falar com você. Depois vai um pessoal que a gente não conhece. Claro que eu confio em você, não faça bico! Mas não vou deixar você ir em uma aventura, são muitos os perigos. Plam! Mais uma porta batida. As portas de casa eram constantemente testadas nessa época. Quando era para dizer não, meu pai gostava de ser muito explícito, gostava de explicar para que não houvesse dúvida. Eu odiava isso nele. Na hora dos carinhos, do amor, ele era monossilábico, mas quando era para dizer não a mim, utilizava toda sua verve causídica!

Pai, desculpa. Eu sei que você me ama e que quer o melhor para mim, mas você tem que confiar na educação que me deu. Eu jamais faria algo que você desaprovasse. Eu sei filha, eu te amo, vem cá, me dá um abraço. E assim terminavam todas as nossas brigas.

Você precisa voltar à sua vida, sua rotina. Hoje você vai para casa, dorme lá, eu vou ficar bem, não precisa se preocupar, pode deixar que durmo com o celular do lado da cama. Mas mãe, a clínica funciona sem mim. Os bichos só engordam aos olhos do dono, sua avó já dizia isso, eu estou bem filha, nós vamos passar por isso juntas, você poder vir cá todas as noites, podemos conversar, ver filmes, nos distrair, mas não posso exigir que você venha de mala e cuia para cá, não é justo com você e não é justo comigo. Eu tenho minhas manias, minhas esquisitices e já fizemos tudo que tínhamos que fazer. Agora é deixar o tempo cuidar das nossas feridas. Sei que vai ser duro. Dezembro está chegando, seu pai amava dezembro, além de tudo tinha o aniversário dele. Mas estaremos juntas e tem também seus tios, tias, eles vão ajudar, sempre fomos uma família unida e vamos continuar sendo, seu pai adoraria isso, adoraria ver que mesmo na ausência dele ninguém perdeu o rumo. Como ele sempre foi orgulhoso da profissional que você se tornou, lembra como ele gostava de perguntar para você coisas da faculdade, do que estava aprendendo? Acho que foi a época que ele mais falou comigo. Porque ele tinha muito orgulho de você. Agora vá, seu apartamento te espera, o Benê, por mais que goste do meu quintal, gosta mesmo é da casinha de vocês. Eu vou ficar bem, prometo. E você me prometa que vai buscar ajuda para esses pesadelos. Eu prometo, mãe, prometo.

O luto está sempre presente, mesmo quando você está fazendo outras coisas, seguindo sua rotina, minha mãe estava certa, eu precisava voltar à rotina, mas aquela dor, aquela dor teimava em não passar. E o problema é que ela se faria lembrar ainda pelos próximos meses. O aniversário de meu pai era no começo de dezembro, faltava um mês, depois viria o primeiro Natal, o primeiro réveillon, o primeiro aniversário de mamãe, o meu primeiro aniversário, tudo sem ele. O luto estava apenas começando. Lembro de filmes antigos, de livros que li, falando dos 40 dias do luto, as mulheres vestidas de preto, mas ele não tem uma duração exata, nem mesmo necessita de uma cor, se eu tivesse que escolher uma cor para representar o que sentia, seria vermelho, do sangue, da raiva, de tudo que sentia.

Você está com raiva, mas quando ela passar vai ver que tudo se resolve. Mas pai, a Rita mentiu, ela disse que eu tinha feito algo que eu não tinha feito e a Dora, coordenadora, quase acreditou. Estudo lá desde que me conheço por gente e nunca tinha sido chamada na coordenação. Mas a Dora não acreditou na Rita, ela desconfiou que ela estava mentindo, esse é o importante, filha, sua reputação falou por você. Se eu tivesse que te defender em um júri, começaria por aí. Seu passado fala por você. Mas pai, a Rita era minha amiga, olha o que ela fez e só para aparecer. Filha, os motivos da Rita não me interessam, pessoas decepcionam a gente, isso acontece. Eu venho de uma época em que uma decepção dessa podia resultar em prisão ou coisa pior. Você está terminando o colegial, vai entrar na faculdade e se tornar uma ótima veterinária, isso é o que importa.

Foi o que me tornei, pai, uma ótima veterinária. Eu agradeço sua confiança, seus conselhos, mesmo aqueles que você me deu em silêncio. Eu te agradeço, pai e por isso estou de luto, por isso preciso passar por esse período. Tenho certeza de que a mamãe vai passar melhor por isso do que eu, mas eu não vou deixá-la passar sozinha. Não estou ficando louca, Benê, não me olhe assim, estou conversando com meu pai, você pode não acreditar, mas ele está presente, ele está te olhando e me protegendo. Realmente eu devo estar ciando completamente doida, agora falo com um morto e com um cachorro. Mas o morto é meu pai, meu amor, aquele que eu sinto falta, que me dava colo mesmo depois de adulta.

O que foi filha? Sexta à noite e você em casa? Tá chorando por quê? Eu e o Beto terminamos, pai. Ele me aninhou no colo. Eu havia conhecido o Beto no primeiro ano de faculdade, me apaixonei de cara, ele era todo fofo, especial, engraçado, namoramos dois anos, achei mesmo que íamos nos casar. Até que ele levou a fofura dele para uma azeda que fazia fisioterapia. Meu pai não disse nada, não me perguntou nada, apenas me colocou no colo e me abraçou. Posso tomar um gole? Ele estava tomando vodca com Schweppes, me levantou devagar, depois se levantou, preparou uma boa e generosa dose para mim, depois se sentou de novo e eu me aninhei naquele homem enorme.

O luto do amor é um luto dolorido, mas é outro tipo de luto. Pode haver volta, reconciliação e mesmo que nunca mais tenhamos nada com a pessoa, sabemos que ela está por aí, vivendo, fazendo algo. O luto da morte é definitivo, não há volta, o amor não vai aparecer tocando o interfone e dizendo, me desculpe, eu errei, fiz uma grande cagada, me perdoa. Não vai te ligar ou mandar um WhatsApp, três da manhã, bêbado, dizendo que você é maravilhosa, que quer viver com você para sempre. A pessoa se foi, para sempre, estará viva em suas recordações, no sentimento, mas nunca mais será toque, carinho, som... lembrei dos versos de Pessoa no heterônimo de Álvaro de Campos em Se te queres matar... Fazes falta? Ó sombra fútil chamada gente! Ninguém faz falta; não fazes falta a ninguém! Meu pai faz falta e não será lembrado apenas no aniversário de vida e de morte, ao contrário de um amor que se foi, que fazemos questão de esquecer, o luto por alguém que morreu deixa marcas profundas, a ausência deixa marcas profundas, por isso se faz tão presente.

Tomei um banho. O primeiro em casa depois de uma semana. Benê se aninhou na caminha. Eu estava com medo de dormir. Abri um vinho. Sentei no sofá da sala e liguei a TV, não sei o que estava passando, não prestei atenção. Queria apenas anestesiar o corpo e dormir sem sonhar. Havia notícias, tristes notícias. Ou era eu que continuava triste e achava tudo triste. Benê veio para a sala e se aninhou no sofá. Coloquei em um canal de música, deixei-me levar pela melodia, não prestei atenção à letra, não queria letra, apenas música, apenas melodia, queria vagar na noite das notas musicais. Esvaziei a garrafa de vinho, estava cansada, com sono, teria uma boa noite e amanhã acordaria cheia de energia para enfrentar o dia de trabalho. Deitei na cama, Benê nos meus pés. Sim, seria hoje...

Corro, corro desesperada, não sei o que fazer, alguém atrás de mim, muito rápido, muito rápido, estou cansada, mas tenho que correr, chove, as rajadas de vento fazem com que ela exploda no meu corpo e ele começa a se quebrar como um vaso velho na janela da vovó, alguém continua correndo atrás de mim, passos violentos, firmes, a chuva cessa e um sol angustiante surge em meus olhos, tropeço em algum lugar, não caio, mas machuco a perna, não sei o que fazer, estou sem fôlego, estou nua, os pés machucados, alguém me toca, é ele, grito pai, mas ele não pode me ajudar, o home, o homem...

Acordo gritando com Benê lambendo meu rosto. Suada, quanto tempo será que dormi? Duas da manhã. Quase nada. Preciso de ajuda. Preciso ligar para a Vânia, minha psicóloga. Levanto para tomar água. Bebo quase a garrafa inteira, fecho a geladeira e ele está perto de mim de novo, o homem, quem é ele, grito pai, mas ele não pode vir, ele está morto e o homem está perto, pai!

Eu estava sonhando dentro do sonho. Benê está em cima de mim, mordiscando minha mão. Levanto, vou primeiro ao banheiro, todas as luzes acesas. Faço xixi, lavo o rosto. Acendo a luz do corredor, depois da sala, finalmente entro na cozinha, abro a geladeira, pego a garrafa, fecho a geladeira e bebo no bico, encostada na geladeira. Mais um pesadelo horrível. Vou apagando as luzes até chegar no quarto, Benê ao meu lado, bom garoto. Me deito, antes de apagar a luz, coloco um lembrete no celular, ligar para Vânia.

No dia seguinte sou um membro da zumbilândia vagando pela minha clínica. Digo sim sem saber se devia dizer sim, converso com as pessoas, recebo condolências, atendo poucos clientes. Casos simples. Aplico algumas vacinas.

Rafa? Por que você não tira mais esta semana de folga? É quarta. A clínica está bem. Tá todo mundo dando conta de tudo. Paola é a veterinária mais antiga, ando pensando em lhe oferecer sociedade, tudo isso passa pela minha cabeça, mas não consigo raciocinar direito, ligar para Vânia, isso sim é importante. Digo algo para ela, ela sorri e me deixa sozinha, acho que a convenci de algo ou ela desistiu. Choro ao telefone com Vânia, ela sabe que preciso muito de ajuda, mas só terá horário na segunda que vem. Tomo algumas latas de Coca-Cola e como chocolate. Pelo meio da tarde me sinto com energia suficiente para conversar.

Como foi seu dia, filha? Sua cara não está nada boa. Você ligou para a psicóloga? Marquei hora para segunda, era a única vaga que ela tinha. Vou começar a terapia de novo. Os sonhos são cada vez mais horríveis, ontem sonhei com um homem me perseguindo, eu gritava, mas o papai não podia me salvar, foi horrível. Pior achei que tinha acordado e continuava sonhando. Daqui a pouco tudo isto vai passar, filha. Você precisa descansar. Por que não tira uma folga e vai viajar? Não posso, mãe. Mas me diga como você passou o dia. Liguei para algumas pessoas, conversei, saí para dar uma volta, encontrei a Solange, conversamos um pouco. Estou pensando em fazer alguma coisa, para distrair a cabeça, não sei bem ainda o quê. Que ótimo, mãe. Ah, eu fiz uma torta de carne moída, tinham coisas na geladeira que eu ia perder, quer levar um pedaço? Assim você tem o que comer de noite, e não precisa se preocupar. Eu ia fazer uns sanduíches, mas já que você insiste. Eu estive pensando, no que o papai sendo tão bom na oralidade, convencendo as pessoas, sendo um homem de conciliação como todos dizem, falava tão pouco em casa? Porque ele não precisava, filha. A gente se comunicava tão bem pela linguagem do carinho que ele não sentia necessidade de falar, lembra como o olhar dele dizia tudo, seus suspiros? E o abraço. Completei. Então, era o momento de ele calar, de descansar daquele mundo de fala, de convencimento, de argumentação. Mas você sempre falou bastante. Era diferente. Seu pai era feito de matéria diferente, uma matéria sensível, que precisava ser cuidada para voltar ao seu estágio normal, eu era de briga, sempre fui, seu pai tinha alma de poeta, sensível, não sei como deu conta tanto tempo envolvido em causas tão difíceis. O mundo era duro demais para ele. Barulhento demais. Por isso ele precisava do silêncio, precisava ficar escrevendo horas e horas. E onde foram parar as coisas que ele escreveu? Não sei, nunca me deixava ver, a não ser uns poemas que fazia para mim, uns bilhetinhos, esses estão todos guardados comigo. Eles devem estar no estúdio. É possível. Mãe... não, ainda não, filha, temos muita coisa para vencer antes de darmos conta daquele estúdio, por enquanto deixe a Ângela cuidar dele, tudo que está lá estará bem preservado. Agora precisamos cuidar de nós, de nossas férias, de nossas dores, só assim poderemos enfrentar o estúdio. Seu pai ainda está ali dentro e esse reencontro precisa ser preparado com cuidado.

Fui para casa pensando naquela mulher, minha mãe. Se eu não fosse sua filha gostaria de ser casada com ela. Eu preciso dizer todo o dia o quanto a amo. Talvez esse seja o único arrependimento que não carregarei pela vida em relação a meu pai. Sempre nos falávamos eu te amo, não importava a situação. Conheço famílias que raramente dizem eu te amo. Lembro uma vez que o Thierry, meu ex-namorado, disse eu te amo para a mãe dele, ela perguntou se ele estava bêbado. Em casa sempre dizíamos eu te amo. Eu disse isso a meu pai no sábado antes dele morrer, que eu o amava e era sempre tão sincero, não era uma burocracia do afeto, era algo real, que vinha do fundo da alma, carregado de sentimento, de sensibilidade, de carinho, de... amor...

Em casa, antes de comer, abri uma cerveja, preciso diminuir, mas antes de diminuir preciso ter uma boa noite de sono, a bebida serve de anestesia, embora não esteja fazendo muito efeito, mas uma hora eu vou conseguir dormir e terei finalmente vencido a primeira fase do luto, antes disso preciso desligar, preciso viajar para algum lugar fora de mim. Apaguei no sofá, não devia ser dez da noite, exausta.

Acorda, Rafa, você precisa ver isso. Teté? Como você entrou aqui? Olha, olha logo se não você vai perder. Pai? O que estão fazendo com ele? É tortura, estão o arrastando amarrado em um carro, pai! Não podem fazer isso, é contra a lei, tortura é proibida, estão batendo nele, chutando a cabeça dele, não consigo aguentar isso, eu vou gritar!

Acordei no chão da sala, gritando, com Benê em cima de mim. Levantei, joguei os latões de cerveja no lixo. Tomei água. Não havia ninguém no apartamento. Eu estava acordada. Pelo menos dormi mais do que na noite anterior. Três da manhã, vou para cama. Vem Benê, vamos dormir. Ainda vão me colocar para fora do prédio com essa gritaria que estou arrumando de madrugada. Ainda bem que o apartamento do lado está para alugar. Quando alugarem terei problemas. Espero que ainda demore, assim a terapia terá tempo de fazer efeito. Que loucura.

O dia foi tranquilo na clínica, mesmo eu estando morta de sono, atendimentos simples, nada complicado, vacinas, umas unhas para cortar, algumas internações por pequenos problemas, apenas um caso mais complexo de um cachorrinho com a perna fraturada, mas tudo correu bem. Há épocas que são assim, de relativa tranquilidade e ter um corpo clínico de excelência sempre me ajudou muito. Aprendi com meu pai a trabalhar com pessoas apaixonadas pelo que fazem. Apesar disso, claramente, eu não estava muito bem. Teté me ligou no final da tarde com uma intimação. Vamos para a Serra do Cipó amanhã. Vamos relaxar, tomar umas, sair, ir na cachoeira, tomar mais outras e de repente arrumar algum gatinho. Tetê eu estou trabalhando, voltei, agora. Você não vive falando que a clínica funciona muito bem sem você, que tem veterinários ótimos, que a Paola é muito melhor que você? Então não tem desculpa. Foi minha mãe que pediu para você, não foi? Foi. Ela está preocupada. Amanhã não tenho aula, podemos ir cedo, a gente volta no domingo de tarde, prometo.

Conversei com a Paola, ela também estava preocupada comigo. É melhor você ir, desligar um pouco, precisa dormir bem. Você sabe que damos conta, mas tem cliente que só quer ser atendido por você e que fica com aquela cara, mas a gente dá sempre um jeito. Vai tranquila, minha amiga. Paola nunca tinha me chamado de amiga nesses anos todos que trabalhamos juntas. Saímos algumas vezes junta antes dela casar. É uma pessoa por quem tenho muito respeito e afeto, meu coração sentiu-se aninhado com aquela palavra. Eu estava precisando de muitos amigos e de muito colo.

É estranho o luto. A vida continua, mas ao mesmo tempo parece parada. Algumas pessoas nos entendem, outras simplesmente não nos dão direito a sentir o luto, a viver o luto, a namorar com o luto. Querem porque querem acelerar um processo que é pessoal, intransferível, impossível de ser medido e de ser colocado em palavras.

Filha, você tem que sair da cama. Por que, pai? Porque ficar na cama não trará o Boris de volta. Sei que está doendo, eu também sinto falta dele, mas você precisa reagir. Que tal sairmos para ir ao cinema? Está passando um filme novo com o Al Pacino e o Keanu Reeves, dizem que é ótimo. Vamos, eu pago e depois a gente come alguma coisa. Sua mãe vai ajudar sua tia Laura com alguma coisa que não sei o que é, a gente aproveita o dia.

Ele sempre me convencia. E ele nunca sabia o que minha mãe ia fazer na casa dos outros. Odiava ser invasivo sem necessidade. Um homem de silêncio e sensibilidade. Até hoje O advogado do diabo é um de meus filmes favoritos. Depois do filme conversamos bastante, ele falando sobre as artimanhas jurídicas bem aproveitadas no filme. Quando falava do trabalho ou se dispunha a se abrir, era encantador. Aos 17 anos quase 18, eu poderia me apaixonar por aquele homem se não fosse meu pai. Bonito, harmonioso, com uma voz grave sem ser exagerada, sempre bem vestido mesmo quando estava relaxado, do tipo que até camiseta e chinelo ficam bem; o bigode sempre impecavelmente aparado. Minha mãe só podia mesmo ter se apaixonado por ele.

E vocês saem cedo, filha? Mãe, não finja que isso não tem dedo seu. Só quero que você relaxe, que você se distraia. Eu vou na Vânia segunda--feira. A Vânia é uma excelente psicóloga, filha, mas não é milagreira. Você sabe que vai levar tempo e você precisa continuar vivendo. Mas estamos de luto, mãe. Ela pegou minhas mãos. O luto está e estará dentro de nós por muito tempo. Isso não quer dizer que não possamos viver enquanto isso. Eu estive conversando com umas amigas, seu pai e eu sempre gostamos de viajar, não quero perder isso. Não agora, talvez em janeiro ou fevereiro, a gente junte um grupo de mulheres para fazer uma viagem. Ainda nem sabemos para aonde, mas eu quero fazer isso, Rafa, preciso. Por que não vende a casa, mãe? Já era um exagero para vocês dois, para você sozinha... lá vem você com essa história de novo. Você está vivendo o seu luto e eu o meu, Rafaela, essa casa faz parte do meu luto, ele é meu, não seu, você também pode me ajudar. Em dezembro é aniversário do seu pai, tem Natal, réveillon, e é nesta casa que quero estar nessas datas, não quero sair, não quero estar em outro lugar, nem na casa dos seus tios, já estou conversando com eles, será tudo aqui em casa, vamos fazer uma festa linda. No aniversário do papai também? Não. Essa vai ser diferente, só nós três. Fala como se ele estivesse aqui ainda, mãe. Ele está. Ele ficará ainda um tempo. O luto também é um tempo de despedida, filha, chegará a hora em que ele não estará mais, que será só uma maravilhosa lembrança e uma saudade, uma infinita e enorme saudade, mas por ora ele continua nessa casa, está naquele escritório que, em algum momento, será aberto. Não, não me olhe assim, eu não estou louca. Estou lidando com meu luto. Eu tenho saído, espairecido, visto gente, andado pelo bairro. A Solange tem me ajudado muito, temos conversado bastante. O padre Élcio também vem me ajudando, filha, sei que nunca fomos muito de frequentar a igreja, mas ele é um bom homem e um bom amigo.

O luto é pessoal e intransferível. Minha mãe era prática. Sempre foi. Tinha resolvido tudo que podia na primeira semana, quando ainda lidávamos com a morte, não com o luto, agora que o vivia, vivia de uma maneira muito especial, diferente da minha que beirava quase a histeria. Ela o vive com calma e resignação, também um pouco de fantasia. Aquela casa, aquele escritório eram meu pai vivo, eram meu pai que tocava seu corpo, que fazia amor com ela, que a desejava, que a via como se tivesse 20 anos. Aquela mulher forte e sábia tentava me ensinar de um jeito que era improvável de eu aprender, mas tentava. Sua sensibilidade, sua capacidade de compreensão, sua força, como eu a admirava.

Oi, Rafa, seu pai já chegou? Hoje foi um dia duro. Estou envolvida com um caso pesado de um ex que ameaçou a ex, coisa horrorosa. O que acontece com essa homaiada que não consegue receber um não. Por isso estou solteira, dona Amália. Não quero nenhum maluco no meu pé. O que você está comendo, já já vamos jantar. É a ansiedade, né? O resultado não sai. E eu preciso passar, mãe, não vou ter paciência de fazer cursinho e quero poder cuidar dos bichos logo. E ter uma clínica, mas não vou colocar o nome de São Francisco, já tem um monte. Ela riu. Sempre adorei a risada da minha mãe. Venha, vou tomar um banho, seu pai tinha uma reunião com uns assentados, não achei que fosse demorar tanto. E a mulher corre perigo? Quem? A moça do caso que você me falou. Muito. Ele tem histórico de violência. A advogada dela já entrou com várias medidas protetivas, mas parece que nada surte efeito. Eles têm filhos? Sim, tem. Deve ser duro para as crianças ter pais assim. Deve ser horrível, filha. Minha mãe, não tinha muitos pudores em relação ao corpo. Fui criada assim, O corpo era o corpo, apenas isso, um invólucro em que estávamos dentro. Sempre vi meus pais nus, meu pai me dava banho nu, nunca foi tabu. Naquele dia algo chamou a minha atenção. Eu estava em frente à minha mãe, uma mulher quase cinquentona, nua, com um corpo belíssimo, cheia de si, confiante, dona do seu nariz e com um marido que era apaixonado por ela. Invejei-a. O que foi, Rafa? Nada. Já disse que te amo? Eu também te amo, filha. Precisamos pensar o que vamos fazer quando sair o resultado do vestibular. E se eu não passar? Você vai passar, você é inteligente, preparada, estou muito, você já passou, só o resultado que não saiu ainda.

O que você está me olhando? Você é linda, mãe. Já disse que eu te amo, hoje? Ainda não, mas eu sei disso. Mas não sou linda, sou uma senhora de 71 anos, viúva, tentando viver o seu luto, apesar da filha que a ama querer viver por ela. Você é linda sim e eu não quero viver o luto por você, estamos vivendo juntas, fico preocupada de ir viajar e a senhora ficar aqui sozinha. Sozinha? Essa é boa. Não tem um dia que eu fique sozinha, minha filha. Ou alguém liga, ou alguém vem aqui dizendo que estava passando por acaso... por acaso... só rindo. Como se todo mundo morasse perto da Divinópolis agora. Esse povo é engraçado. Você é linda, mãe, ainda é muito linda e se quiser pode arrumar alguém ainda. Agora você está delirando, Rafaela, que seu pai não ouça você dizendo tamanho absurdo! Ela ficou brava, realmente brava e eu estava completamente doida. Meu pai havia morrido há menos de duas semanas e eu querendo arrumar namorado para minha mãe, mas eu só queria dizer o quanto ela ainda era uma mulher bonita, sedutora... agora vá pra casa tentar dormir e se divirta na Serra do Cipó. Me ligue avisando em qual pousada vocês estão, pode ficar tranquila, não vou bater lá, nem ver se estão aprontando alguma, mas cuidado, não aprontem nenhuma. E ela riu, ainda brava, mas riu.

Abri uma cerveja e me sentei como Benê para ver algum filme. Resolvi colocar O advogado do diabo. Fazia tempo que eu não via. É engraçado como tomamos algumas decisões quando estamos de luto sem ter muita explicação, não havia explicação para eu querer ver aquele filme naquele momento, a chance de ele mexer comigo e eu não dormir era muito grande, mas mesmo assim eu coloquei, tentando trazer meu pai para pertinho de mim, tirando-o da casa e do estúdio. Tomei uns três latões e comecei a pescar no sofá, eu sabia de cor o filme, meu corpo estava precisando de sono, não de filme. Fui para a cozinha fiz um sanduíche, coloquei um refrigerante no copo e fui dormir. Hoje começaria minha nova fase de sono, tinha certeza.

Rafa, por favor, está escuro aqui, está escuro e estranho. Não tem luz nenhuma, não tem ninguém, eu estou sozinho, nem meu corpo está aqui. Por que fizeram isso comigo? Por que me cremaram? Eu preciso de você, Rafa!

Uma menininha corre, corre desesperada. Alguém está atrás dela, ela grita pelo pai, mas ele não pode ajudá-la, ela cai em um buraco e um ser gosmento olha para ela como um guaxinim tocando jazz, da sua boca saem dentes em forma de arpão, suas unhas são vagalhões enferrujados prontos e arrancar a alma dela. A menina sou, agora eu sei, eu grito. Do outro lado da sala está o diabo, um belo e sedutor diabo. Já não sou menina, sou mulher, estou apenas de biquíni, ele olha para mim sedento de desejo, estica sua mão para tocar os meus seios, eu tremo de medo e desejo até que vejo na sua outra mão, a cabeça de meu pai, grito novamente.

Acordo suada, será que gritei? Espero que não. Isso precisa parar. Benê está protetor ao meu lado. Levanto para tomar água. Benê segue atrás de mim. Amanhã a Ângela vem cuidar de você, viu, senhor, ela vai limpar a casa, se comporte. Sábado vem dona Amália, sua meia dona e domingo eu estou de volta.

Deitei novamente, mas não dormi direito, tirei alguns cochilos.

Quando Teté chegou eu já tinha tomado banho arrumado minha mochila e estava pronta. Preparei um café para nós, organizei as coisas do Benê. Ela subiu. Uau, com um café da manhã desse quem vai querer ir para hotel! Aliás, a gente vai ficar na pousada da dona Augusta e do seu Eulálio. A gente já foi para lá uma vez. Eu lembro. Foi quando fiquei com aquele alemão maluco que não sabia se transava ou se ficava me admirando. No final gozou tão rápido eu o expulsei do quarto de raiva. Será que ele tá por lá ainda ou voltou para a Alemanha? Será que ele era alemão mesmo? Só você Teté, eu vi o passaporte dele, só esperava que ele fosse mais experiente. Nossa Rafa, isso faz quanto tempo? Acho que uns dez anos. Depois disso a gente foi para lá, mas fomos comportadas, lembra? Eu tava namorando com o Thierry e você com o Pedro. Nossa, o Pedro... sabia que ele casou, né? Mudou para Cuiabá. E o Thierry, nenhuma chance de vocês voltarem? Você sabe como fui apaixonada por ele, mas ele se ama mais do que qualquer outra coisa, o sonho dele é encontrar ele em versão feminina ou não, vai saber. Se ele pudesse ele se comia. E que tal a gente ir? Tá um dia lindo se sol, dá para aproveitar a cachoeira. Aí a gente almoça e depois vê o que faz. Ficar bêbadas e arrumar uns gatinhos. Ou arrumar uns gatinhos e ficar bêbadas com eles. Que é isso, Teté. somos moças recatadas e do lar. Deus tá vendo!

Teus lábios só não me disseram **adeus**

Eu e Teté sempre fomos assim. Tirando as brigas por boneca na infância nunca tivemos problemas. Na adolescência ela quebrava os meus galhos quando eu ia sair com algum menino que eu estava interessada, ela era sempre a minha desculpa e ela ia junto até um certo lugar, depois ficava lá me esperando. Quando eu estava sozinha fazia o mesmo por ela, raramente saíamos em casais. Quando entramos para a faculdade, no mesmo ano, acabamos nos distanciando um pouco, mas só fisicamente, nos falávamos todos os dias e, quando a faculdade deixava, nos encontrávamos. Eu era a doida por estágio, então fiz estágio em todos os lugares possíveis, trabalhei dando banho em cachorros em Pet Shops e estudava, estudava muito. Sobrava pouco tempo para farra. Também comecei a namorar, foi minha grande paixão. Quantas grandes paixões temos na vida? Eu tive duas. Mas não deu certo, eu achei que iria casar com ele. Quando meu pai conheceu o Ricardo também achou. Estávamos apaixonados, fazíamos planos em ter uma clínica juntos. Foi a primeira vez que transei apaixonada e era uma delícia, cada célula do meu corpo estremecia quando me tocava, até que, broxou. Não, não ele, o relacionamento. Ele arrumou outra. Quis matá-lo. Nunca mais nos falamos. É um outro tipo de luto, mas mais fácil de lidar. Na época me enfurnei nos estudos, nos estágios e quando vi nem pensava mais nele, por sorte éramos de turmas diferentes. Fazíamos algumas aulas juntos, mas a maior parte do tempo eu não o via. Na formatura ele apareceu com a outra.

Nunca entendi homens e mulheres que traem. Se não ama mais, se não tem nada mais que uma, fale antes, trair é ter um atestado de canalha para sempre. Também não é assim, pai. É assim, sim. Você sabe que sou flexível para muitas coisas, mas não para traição. É porque você tem a mamãe, talvez se tivesse outras pensasse de outra forma. Ele sempre pensou assim, Rafa. Estamos muito orgulhosos de você, minha filha, ih, pronto é a nossa hora. Dancei a valsa com meu pai, ele havia melhorado muito como dançarino, pelas histórias que minha mãe contava, achei que ficaria sem meus pés, mas ele dançou direitinho.

Dormi praticamente a viagem toda. Teté me ama muito para ter aguentado uma viagem silenciosa. Engraçado que não sonhei. Acordei com ela cantando uma música do Tainastácia. Olá bela adormecida, bem-vinda de volta ao mundo dos vivos. Eu fiz alguma coisa que me envergonhe? Do tipo gritar? Não, mas resmungou bastante e eu perdi um tempão conversando com você até perceber que estava falando dormindo. Desculpe, Teté, foi o melhor sono que tive em dias. Você precisa trepar. É sério. Arruma uma cara legal, não precisa ser muito bonito não, e nem precisa rolar algo depois, só troca de fluidos mesmo, sexo sem compromisso, vai ver como vai dormir bem.

Então, como foi? Ah, mãe, é estranho falar disso. Se você não fala sobre isso com sua mãe, vai falar com quem? Usaram camisinha, né? Sim, mãe, não sou louca. Eu contei pra Teté. Claro que contou, o que você não conta para a Teté? Não fica com ciúme, ela é minha melhor amiga. Foi estranho sabe. Eu achei que ia doer, mas não doeu, foi legal, foi gostoso, mas não foi maravilhoso. Quando você transou a primeira vez foi assim também. Acho que não filha. Eu e seu pai já namorávamos, estávamos apaixonados, ele tinha um fusquinha. Foi dolorido transar num fusquinha, mas ali eu tive a certeza de que seu pai era o homem certo. Cuidadoso, carinhoso. Mas foi horrível porque a gente tava com medo e era num fusquinha. A primeira vez numa cama, aí sim foi especial. E o que você vai fazer agora? Nada, mãe. Nem gosto dele, mas ele era bonito e eu tava afim de resolver isso logo, cansada de ser virgem. Assim quando achar um cara legal fico sem a neura de ser a primeira vez com ele.

Estávamos na cachoeira quando avistamos dois belos espécimes do gênero masculino. Trocamos olhares e Teté, atirada, começou a conversar com eles. Eram de Catanduva no interior de São Paulo e estavam dando um rolê pelas Gerais. Solteiros, bonitos, temi que fossem um casal, mas não eram, amigos como eu e Teté querendo curtir a vida, deviam ser um pouco mais novos que nós. Eram do ramo de TI. Tudo isso fiquei sabendo pela Teté que não parava de conversar com eles. Até que o Renato começou a conversar comigo. Era um cara boa pinta, nada extraordinário, mas não era afetado, não queria se mostrar. Contou que estava vivendo um luto, havia sido abandonado pela noiva, tinha o trocado por outro. Além do orgulho ferido estava ainda cicatrizando a ferida. Não queria se envolver com ninguém, por isso tinha pegado férias acumuladas, convencido o amigo de infância a ir com ele e estavam rodando de carro sem muito rumo. Queriam conhecer lugares e pessoas. Se era verdade ou não, não dava para saber, mas a história tinha sido contada de um jeito sincero e acabou me convencendo.

Ah, vá, são dois gatinhos. Mas precisava entregar a gente de bandeja. O Renato te adorou e o Lívio, meu Deus, quem bota um nome no filho de Lívio, até que não é mau. Meio chatinho, meio repetitivo, mas para uma transa sem maior compromisso, dá pro gasto. Não sei se quero transar com o Renato, Teté. Desde que terminei como Thierry não transei com mais ninguém. Isso faz um ano, Rafa, virei ermitã. Você vai transar hoje, se não gostar a gente dá um perdido neles amanhã. Não tô querendo ficar com bofe a tiracolo. E se eu acordar gritando? Muito simples, não dorme com ele. Transa num lugar e vai embora. Tem motel por aqui e eles estão de carro. Eu me viro com o... riu... Lívio.

Fomos nos encontrar com os rapazes somente pela noitinha, aproveitamos para ficar na pousada tomando umas e curtindo a piscina. Eu nunca entendi por que meu pai não gostava de vir para a Serra do Cipó. Ele não diz isso, claro, mas ficava evidente que ele não gostava. Acho que ele era demasiado urbano, no primeiro dia tudo bem, a partir do segundo ficava inquieto, repetindo as mesmas atividades. Segundo ele também não gostava de cruzeiros marítimos pelo mesmo motivo. Meu pai não era um homem de rotina embora tivesse por causa do trabalho e das coisas de casa, mas quando saía gostava de fazer coisas diferentes, de almoçar fora do horário, de dormir até mais tarde, odiava manter a rotina do cotidiano nas férias e passeios. Mas havia algo a mais e eu só desconfiava. Era a exploração turística do lugar. Ele ficava incomodado com gente de fora ganhando dinheiro à custa das pessoas nativas. Seu senso de justiça jamais permitiria suportar aquilo. Ele ficava mal-humorado lá, nem mesmo umas bebidas a mais tiravam sua zanga, só ficava melhor nas cachoeiras, nadando, mergulhando, se sentindo vivo. Com o tempo ele e minha mãe deixaram de vir. Minha mãe por outro motivo. Foi ficando incomodada com o barulho, com gente cada vez mais jovem, com o agito, com a música da época que não gostavam. Preferia viajar para lugares mais tranquilos. Acostumei-me a vir com Teté ou com amigos.

Foi tudo bem lá em cima, filha? Foi, pai, mas desta vez fiquei meio assim, parece que o lugar perdeu a magia. Ou você mudou. E estava encerrada mais uma conversa. Meu pai sempre fazia isso, deixava nas entrelinhas o que queria dizer. Sim, eu havia mudado, já não era uma menina, tinha responsabilidade, era uma jovem proprietária da Clínica BichoBom e estava preocupada em que ela desse certo. Viajar me parecia um crime, ficar três dias longe um crime ainda maior. Bichos não têm dia para adoecerem, e os tutores precisam de alguém que os ajude. Na época eu não tinha ninguém, viajar significava não atender, não atender significava não ganhar dinheiro. Fui teimosa, não quis ter sócios, por mais que meus pais tenham insistido. No ano seguinte fui obrigada a arrumar alguém para me ajudar, a Paola. Ofereci um salário maior que eu podia pagar, mas a clínica começou a dar certo, comecei a fazer meu nome, admiti alguns estagiários de veterinária que ajudavam também e a coisa foi para frente. Resisti à tentação de abrir outras unidades o que, hoje, mostrou-se uma atitude acertada e ajuizada, orgulho de menina!

Você está bem, Rafaela? Tô sim, Renato. Parece que sua prima e o Lívio estão se dando bem. Teté engolia o coitado do Lívio que era maior que ela, mas parecia um menininho nos braços dela. Eu, sinceramente não estava com a mínima vontade, por mais bonzinho que o Renato fosse, seria desrespeitar o seu luto, mas ele deu a deixa. Hoje eu só quero esquecer. Há muitos jeitos de esquecer o luto, mesmo que por instantes, poderíamos ter tomado um porre homérico, poderíamos falar sobre coisas fúteis ou poderíamos fazer o que minha prima sugeriu. Resolvi tentar a última opção, já que tinha experimentado as outras. Beijei-o com o máximo de vontade que eu poderia ter naquele momento, o que foi o suficiente para acordar quem dormia. Ele passou a mão pelas minhas pernas, tocou de leve meu rosto, beijou-me. Não posso dizer com paixão, mas com uma vontade maior do

Teus lábios só não me disseram **adeus**

que a minha. Vamos para outro lugar. Não sei se é uma boa ideia. Acho que ambos podemos nos ajudar. Pagamos a conta. Teté e Lívio mal nos viram sair. Minha troca de olhares com Teté continuava boa, era quase tão perfeita quanto a com meu pai.

Mas e se seu primo precisar do carro? Ele não vai precisar. Não que eu tivesse totalmente convencida que iria transar naquele dia, mas me vesti para facilitar as coisas. Um vestido não muito longo, de alça e com um sutiã de fácil manejo. Não usei o short que coloco, normalmente, nessas ocasiões, então foi fácil para o Renato encontrar minha vagina primeiro com os dedos depois com o pinto. Transamos como dois náufragos desesperados, havia prazer, mas havia muito mais desespero, ainda assim consegui gozar, antes dele, estava com saudade de sexo. Quando ele gozou continuou me beijando, mas já tínhamos atingido nosso objetivo e um silêncio constrangedor tomou conta do carro. Não havia juras de amor a serem feitas, não havia promessas a serem perpetradas, sabíamos que tinha sido apenas uma transa e nada mais do que isso, nem mesmo a amizade iria ficar daquele momento. A despedida foi ainda mais patética com um beijo no rosto. Voltei para a pousada. Teté não estava. Peguei umas cervejas e subi. É estranho o que o luto faz com as pessoas, agimos de maneiras inexplicáveis, fora do padrão, agimos como se para curar a ferida tivéssemos que arriscar nossa própria vida, no final, voltamos e o luto continua lá, animal sorridente abanando o rabo.

Tomei banho e me deitei nua, curtindo aquele relaxamento. Liguei o ar, fazia um calor infernal. Teté chegou por volta da uma da manhã, estava altinha, mas não bêbada. E aí, como foi? Deixa eu tomar um banho, põe cerveja para mim. Ela tomou um banho em que era possível lavar uns cinco cachorros, mas não tinha problema, eu não ia conseguir dormir mesmo. Sabe aquele cara nota 6? É o Lívio. Tudo certo, mas sem maiores emoções. Depois ainda voltamos pro barzinho para tomar a saideira. Vocês foram para onde? Para onde eles estão hospedados, acho que alugaram a casa. Ah, foi legal, mas anda arrebatador para ficar lembrando por dias. E você, como foi com o Renatão? Sete. Eu que não estava no clima. Quer dizer, ele também não estava. Vai ficar transando com todas que aparecerem pela frente tentando esquecer a ex, mas uma hora vai se dar conta que está transando com a ex no corpo de outras, o luto do amor causa isso, é diferente do luto que estou sentindo. É uma espécie de colocar presença na ausência, mas nada preenche, você pode esvaziar a cabeça com qualquer coisa, mas nada vai acabar com aquele espaço vazio que a gente sente. Meu pai foi se transformando ao longo da vida para mim, de super-herói a vilão, um chato que, na adolescência, queria me contrariar, depois, herói de novo até virar quase um ser mítico através dos olhos dos amigos e dos clientes. É um luto com várias faces, que eu não sei como encarar. Teté não acompanhou o meu raciocínio, dormiu depois do primeiro gole de cerveja. Eu terminei com a minha e com a dela. Apaguei a luz e esperei que, finalmente, o sono viesse.

Quem você pensa que é para transar com o noivo alheio. Até que você é bonitinha, mas eu sou muito melhor. É só eu pedir, e ele volta para mim. Ainda mais que tenho muito a oferecer. Ou você acha que todo homem não sonha com um sexo com duas mulheres ao mesmo tempo? Você é bonitinha, pode ser filhinha do papai, mas onde está seu pai? Está morto, queridinha, um defunto, presunto, virou pó e eu sou todas gostosa, toda poderosa. Não tenta fugir pra dentro do caixão, não. Ah, é, então toma o que você merece sua vagabunda! O caixão começou a entrar no túnel, o fogo vai me queimar viva! Eu estou aqui, estou viva! Me tirem do caixão!

Acordei molhada de suor. Pelo jeito, não gritei. Teté continuava dormindo, sorrindo. Fui ao banheiro. Minha olheira havia diminuído. Devo ter dormido um pouco, afinal. Sete da manhã. O que vou fazer aqui, sete da manhã? Esperar Teté acordar. Vou ler um pouco, talvez caminhar, respirar ar puro... não, melhor ler, posso encontrar com o Renato e será constrangedor. Como é interessante o que pensamos enquanto cagamos. Olhei as mensagens no celular: nada, apenas uma mensagem de minha mãe perguntando se estávamos bem e se eu estava me divertindo. Resolvi tomar um banho para começar o dia. Como minha mãe lida tão bem com o luto? Talvez por ter vivido isso com os pais e os sogros. Eu estou convivendo com ele. Dou bom dia, passeio, como, bebo, durmo e ele está lá, fiel, agarrado, cutucando a ferida. Quando vai parar de doer? Quando vai passar ao estágio da saudade gostosa, da lembrança que faz sorrir? Cada um tem seu tempo, dizem, o meu, será longo. Eu só queria dormir. Quando saí do quarto Teté havia acordado.

Bom dia! E aí? Não me olhe assim, você gostou que eu sei. É, eu gozei. Você gozou? Puta que pariu, escolhi o cara errado mesmo. O Lívio é daqueles apressadinhos, sabe? Todo ritualístico, mas preocupado com o prazer dele, só. Não gozei por conta do Renato, Teté. Gozei por mim. Saudade de transar, de sentir prazer com o meu corpo. Nas duas últimas semanas eu esqueci de mim e não posso dizer que estou lembrando agora, mas naquele momento eu lembrei. Sabe do que precisamos? Um bom romance? Não, boba, um belo banho de cachoeira, claro que depois de um café da manhã monstruoso porque tô morrendo de fome. Toma um banho, eu te espero. Não tomei ontem à noite? Tomou. Bom, vou tomar de qualquer jeito, tirar a inhaca desse Lívio que gozou antes de mim e para ele tava bom. Posso te pagar uma cerveja de despedida? O cara assumiu que não vai querer me ver mais. Deixou o telefone, pelo menos. Eu nem peguei o do Renato. Bom, eu tenho certeza de que não vamos vê-los mais mesmo. Aqui não é tão grande assim para não cruzarmos com eles, todo mundo vai à noite para o centro. Rafa, eles vão atrás de outras, vieram para isso, se já não foram embora.

Não os encontramos na cachoeira. Por precaução, fomos em outra. Eu estava razoavelmente animada, embora encontrasse o luto até em momentos de distração. Ele vinha lentamente, pela água, saltava e fazia meu coração doer. A vida continuava, mas eu não queria continuar com aquela vida sem meu pai. Ele fazia parte dela. Ele sempre esteve nela. Como fazer para continuar sem ele? Quando me tornei adulta, conversávamos mais, sobre política, sobre a situação do mundo, sobre ações práticas de proteção para as pessoas e animais em situação de rua. Ele ainda me dava longos abraços, tinha longos momentos de silêncio ou frases curtas, mas tínhamos mais coisas para conversar, trocar. Eu, agora, tinha dimensão de quem ele era, da sua importância para tantas pessoas.

Porra, Rafa, você tem dimensão de quem é seu pai? Estávamos no La Greppia, fim de noite, todo mundo já meio bêbado e o Caio solta essa. Ele é meu pai. Você já leu sobre ele? Já estudou a história dele? No Direito, o cara é quase uma lenda, nas Ciências Sociais, na História, na... Caio, já entendi. É que você fala dele como se fosse um cara comum. Mas ele é! É chato, resmunguento, calado, imponente, forte, nadador, amoroso, carinhoso, paradoxal, lindo, porque meu pai é lindo, né, gente? Especial. Ele é meu pai, Caio, com defeitos e qualidades de qualquer pai. O caralho! O cara é um ícone dos direitos humanos, já era ativista dessa porra quando a porra nem existia! Rafa, teu pai é gênio cara, lutou contra ditadura, livrou um monte de preso político, na lábia, ajudou a Comissão da Verdade, quase virou ministro da justiça, foi um dos primeiros a defender o MST, talvez o primeiro a defender o MTST. A Tânia berrou: E o primeiro a defender os travestis! Então, Rafa, você vem dizer que esse cara é comum. Caio, meu pai pode ser tudo isso para todo mundo, mas ele ainda é aquele que me dá bronca, que regula se eu cheguei tarde, que não deixava eu ir aonde eu quisesse, que proibiu namoro, que me acolheu quando o namoro terminou, que me deu colo quando precisei, que me ensinou a ser justa, que me ensinou o valor da cultura, que me levava ao cinema para ver filmes de arte, que me mostrou músicas maravilhosas... uma lágrima escorreu... ih, ela ficou emotiva. Cara, teu pai é o cara! Olha para você, você tem 24 anos e já é dona do próprio nariz, tem uma clínica de veterinária, é uma puta profissional, é culta, inteligente, sensível, bonita, você é a mulher dos anos 2000! Namora com ela, então! A mesa veio abaixo. Conheci o Caio pela Teté, era um cara muito legal, mas a cabeça dele era de revolucionário da década de 1960. Ele era divertido, fazia Ciências Sociais e foi quem me apresentou ao outro lado do meu pai. Teté teve um trelelê com ele que não foi para frente porque ele estava mais interessado na revolução contra o capitalismo. Você sabe que eu te amo, Rafa, mas sou casado com a revolução! O Caio foi ajudar em uns assentamentos no Pará, foi assassinado por grileiros uns cinco anos depois. Todo mundo ficou triste. Fui ao enterro dele, mas não fiquei de luto. A Teté sofreu mais. Acho que ela ainda gostava dele, ficou uns dias em silêncio, olhando para a vida como se fosse um filme distante. Mais ou menos como estou agora. Cobra!

O quê? Uma cobra! Calma, gente, é só uma cobra d'água inofensiva. Tem certeza de que esse bicho não pica? Não, ela não é peçonhenta. Podem ficar tranquilos, ela é veterinária. Alguém chegou perto de nós. Eu sou o Gustavo. Fui taxativa, lacônica, como meu pai me ensinou a ser em alguns momentos. Não. Saí de mãos dadas com a Teté dei um selinho nela, isso sempre funcionava para afastar os hétero tops que adoravam exibir sua macheza em público, sentiam-se humilhados e diminuídos, mas esse resolveu insistir. Duas gostosas, que desperdício, podíamos brincar, tenho certeza de que é falta de rola isso. Eu ia deixar barato, mas Teté nunca deixou barato. O cara saiu da cachoeira e todo mundo começou a olhar, esperando um barraco ou que ele agredisse a gente para chamar a polícia, tinha gente com celular preparado para filmar. Brincar com o quê? Com essa minhoquinha que você tem aí dentro? Se liga, ô direitinha, prefiro ficar a vida inteira sem dar do que ter que ficar com você. Puxei a Teté antes que a confusão aumentasse porque a galera começou a delirar com o boy sendo humilhado, mas como todos do tipo, ele ladra, mas não morde.

O que foi, mãe, por que está assim? Lembra daquele caso do ex-marido que ameaçava a ex-mulher e que as medidas preventivas não estavam surtindo efeito? Ele a assassinou na frente dos filhos, depois se matou.

Você é maluca? Como vamos sair à noite e se encontrarmos com ele? Eu digo que tava surtada e que peço desculpas, mas que não retiro uma vírgula do que eu disse. Você é maluca, prima, uma maluca perigosa! Mas você me ama desse jeito! Vamos almoçar e tomar umas.

Pelo sim, pelo não almoçamos e voltamos para o hotel, curtir piscina o dia todo em segurança.

Nunca se rebaixe ao nível dos opressores. Eles conhecem muito bem o que estão fazendo: sabem manipular os mecanismos, sabem que teclas apertar para fazer com que o cidadão comum haja por instinto. Como não estamos acostumados com isso, caímos na armadilha e nos entregamos de bandeja. Eu não sou como você, pai. Não consigo suportar ver alguém maltratando um animal. E que lição você aprendeu hoje, Dra. Rafaela Madeira Rios? Que eu deveria ter chamado a polícia ao invés de enfrentar um idiota com pau na mão. O idiota com um pau na mão é um filhinho de papai, mas o papai aqui já tomou as medidas legais. Ele vai ter um pouco de dor de cabeça nos próximos dias. Mas se lembre, você é veterinária, não lutadora de MMA. E é melhor contar logo para sua mãe, ela vai ficar sabendo de um modo ou de outro. Eu ainda morava com meus pais, era cômodo, mas logo começou a não ficar. Eu atrapalhava a rotina deles e eles, bem, faziam o papel de pais.

Não encontramos o hétero top à noite, também não encontramos o Renato e o Lívio. Conversamos, lembramos de aventuras juntas, agora com mais uma para o currículo. Falamos de nossos pais, da preocupação com a velhice deles, de como vão perdendo a força, de como começam a surgir manias e problemas. Falamos da vida, de amores esquecidos, de amores perdidos, de amores futuros. Estou a fim de trabalhar menos, Teté, acho que vou propor sociedade para a Paola, ela trabalha comigo há tanto tempo, merece. Faz 20 anos que me formei... parei a frase no meio. Que foi, Rafa! É isso, a caixa que meu pai deixou no estúdio, o presente. Aquele que sua mãe não deixou você pegar até agora porque não quer que você entre lá? Esse. O que tem? Eu não sabia o motivo dele me dar um presente nas vésperas do aniversário dele e tão longe do meu, achei que podia ser um presente de Natal antecipado, mas papai não era dessas coisas. Tá e qual o motivo? Eu faço 20 anos de formada, ele lembrou, ele preparou algo para me dar. Eu nem lembrava que estava formada há tanto tempo. Que loucura! Tá, e você vai pedir para sua mãe abrir o estúdio e deixar você pegar o presente, né? Não, eu prometi que iria respeitar o tempo dela, não vou pressionar mais do que já pressionei, faz parte do luto dela esse ritual, eu respeito. Mas e o seu luto, Rafa? Como fica? É um presente do seu pai para você, deve ter algum significado e poderia ajudar a você lidar com o seu luto. Eu sei, mas não quero um confronto com minha mãe, parece que se passaram meses nessas duas semanas. Preciso voltar ao normal, preciso viver meu luto sem essa bomba de sentimentos explodindo a cada momento.

Vem, gatinha, agora você vai ver o que é bom, essa sua priminha quis me humilhar, mas agora é você que vai se ver comigo, vem ver se é minhoquinha mesmo, tava achando que eu não ia encontrar vocês. A sua prima pode ficar com meus amigos, você é mais gostosa que ela. Vem cá deixa eu mostrar meu pau para você, vem cá, não resiste não, que vai ser pior, se se comportar direitinho posso até ser carinhoso. Tentava me livrar dele, mas ele agarrava meus pulsos, era mais forte e maior que eu, mordi seu pescoço, gritei.

Rafa, Rafa, você vai acordar a pousada inteira! Desculpe. O hétero top estava tentando me estuprar. Esquece esse babaca, nunca mais vamos vê-lo, só mais um babaca como tantos outros. Amanhã a gente curte um pouco de piscina e vai embora depois do almoço. Cochilei, mas não dormi. Fiquei pensando no meu luto, como tudo isso estava bagunçado dentro de mim, pensei em meu pai. O que ele teria deixado para mim? Que coisa tão importante estava naquela caixa embrulhada no estúdio? Fiquei pensando na Paola. Seria uma boa, além de justo, que ela se tornasse sócia na clínica, quem sabe eu poderia trabalhar um pouco menos, dar atenção a outras coisas? Mas que coisas? Que coisas me interessavam além da veterinária? Talvez escrever sobre cuidados com os animais, criar um podcast sobre isso, dar dicas para tutores, algo que desse mais prazer e exigisse menos tempo. Coisa estranha o que a morte de alguém querido faz com a gente. Talvez esse seja o papel do luto, repensarmos a vida. Tenho 43 anos, sou uma mulher realizada, independente, dona da minha vida, mas quero me reinventar, quero novos desafios, preciso de novos desafios, preciso viver, preciso ir além do luto, tirar a cabeça desse rio lodoso que me engole e voar, voar como uma gaivota que se livra do óleo de um vazamento no mar, voar e me libertar, voar e me limpar, sim, estou suja de tristeza, suja de melancolia, suja de dor. Adormeci por algum tempo, não posso dizer que dormi, era mais um sentimento de entorpecimento, não sonhava, mas pensava, o cérebro ligado, o corpo sonolento, ouvi os primeiros barulhos da manhã, os pássaros acordando o dia, Teté ressonando de cansaço e prazer. Sim, ela tinha prazer pela vida, mas também tinha um vazio, um vazio diferente do meu. Eu estava cansada do que fazia, queria continuar no ramo, mas com coisas novas. Ela amava o que fazia, não iria fazer outra coisa na vida, mas tinha o vazio do sonho conjugal. No fundo sempre foi uma romântica. Queria casar, ter filhos. Isso a preocupava, embora quase não falasse sobre o assunto. Dizia que o chamado biológico estava cada dia mais forte. Nos últimos tempos teve alguns namorados que achamos que iriam virar algo mais sério. Mas o paradoxo é que Teté, como eu, era uma alma livre. Talvez pensasse em uma produção independente, na verdade, já tinha falado disso algumas vezes. Mas, acho que ela preferia achar alguém legal, casar... assim era minha prima, minha melhor amiga desde sempre, uma romântica incurável. Pare de me olhar, eu fico horrível de manhã. Há quanto tempo está acordada? Faz um tempo, ouvi o amanhecer. Anda poética você. Que horas são? Meu Deus, sete da manhã! Não podíamos acordar mais tarde? Hoje é domingo. Amanhã eu dou nove aulas... dorme mais um pouco, eu vou ler, pensar nas coisas. É sério aquela história de oferecer sociedade para a Paola? É sim. Será que seu pai ia gostar disso? Meu pai aprovaria se soubesse que tenho planos para o futuro. Hum, planos, gostei disso.

Parabéns, minha filha, segundo lugar na UFMG, fruto da sua dedicação. Obrigada, mãe! O que é isso, pai? Abra. Um envelope bonitinho trazia um papel timbrado de meu pai. Vale uma clínica? Sim, para quando você se formar, é meu compromisso. Mas procure se dedicar, apaixone-se pelo que faz, viva com gente apaixonada pelo que faz. Quando você se formar terá vantagem sobre quem apenas cumpre tabela na vida. Você escolhe o lugar para abrir. As lágrimas esquiaram pelo rosto. E tem mais isso aqui. Abri. Era uma espécie de kit com estetoscópio e outros instrumentos que eu usaria na minha carreira. Pai... conversei com um amigo que dá aulas na UFMG, perguntei o que seria necessário para uma boa estudante de veterinária. Ele foi meu cliente há muitos anos. Os esquis das lágrimas se transformaram em uma nevasca de emoção.

Pensa Teté, logo que me formei eu já tinha uma clínica, grande para uma menina recém-formada, tá bom, o sucesso dela dependeu de mim, tive umas atitudes visionárias, tinha coisas que outras clínicas não tinham, tive a facilidade de ter pais que podiam me ajudar, fiz mestrado, doutorado, vivi para o trabalho. Acho que ele gostaria de me ver alçando novos voos, não pretendo mudar radicalmente, mas já recebi convites para fazer outras coisas dentro da veterinária. A Paola também é boa cirurgiã. Duvido que tenha metade de sua capacidade. Ela é muito boa, depois não vou sair totalmente, vou diminuir, talvez liberar as segundas e sextas, talvez mais, vai depender da conversa que eu tiver com ela, não quero fazer isso intempestivamente, quero pensar, maturar as ideias, vou conversar com a mamãe, vamos ver. Não é para amanhã. Para amanhã é cuidar de mim. Isso, assim que se fala. Agora vamos tomar café, tô varada de fome.

Café da manhã de hotel tem seu lugar. E o daqui é muito bom. Mamãe quer fazer as festas de fim de ano na casa dela, disse que vai chamar todo mundo, como se meu pai estivesse aqui ainda. Não é loucura isso, Rafa? Acho que não, a gente ainda sente que ele está muito presente. O corpo está lá, na Serra do Curral, cremado, mas ele ainda está aqui. Acho que o luto é um pouco isso, ir se acostumando devagarinho com a ideia da não presença física daquele que amamos. Você amava muito o tio, né? Você também ama o tio Eduardo. Claro que amo, mas é diferente. Meu pai tá vivo. Eu não consigo dimensionar o que sentiria se ele não estivesse mais aqui. Você está fazendo isso, tá dimensionando o tamanho da ausência do tio Walter na sua vida. O tamanho da ausência é o tamanho do amor. Pelo menos, eu acho. Não sei, Teté. Eu sempre achei que meu pai fosse um pai comum, sempre achei que ele fosse como os outros. Nunca o vi como um herói, nunca o vi como alguém especial. Ele tinha as chatices de todo o pai, tinha as manias, aquela coisa de não dizer dizendo, de não falar falando, de se comunicar pelo silêncio e pelo olhar, de ensinar pelo exemplo. Hoje vejo que meu pai era um sábio. Mas, na adolescência, você lembra, isso dava enfrentamentos enormes. E grandes carinhos também, Rafa. Sempre achei fofo o jeito como ele te admirava, como você ficavam juntinhos em silêncio. Meu pai é uma bateria de carnaval ambulante. Acho que até dormindo ele conversa. Eu não sei se o que estou sentindo é pela morte ou pela forma da morte, sabe? Ele estava bem, estava feliz, tinha planos. Estava programando uma viagem com minha mãe, só para curtir. Diferente das que fazíamos quando eu era criança, em que ele unia férias e trabalho, sempre visitando alguém, sempre conhecendo algum movimento social. É engraçado isso, como estávamos mais falantes nos últimos tempos. Deve ser verdade que, conforme vamos ficando mais velhos, vamos entendendo melhor nossos pais. Apesar de que ele continuava um homem de silêncios, de falar nas entrelinhas. Acho que é por isso que dói tanto. Fico sempre pensando que poderia ter falado mais com ele, que poderia dizer mais "eu te amo", que poderia ter contado mais de mim. Mais? Você não conseguia mentir para o tio Walter, Rafa. E quando conseguia, pelo menos omitir, ele descobria pelo seu olhar. Lembra quando você transou a primeira vez? Ele descobriu pelo seu jeito de respirar perto dele.

O que foi, filha? Algo que eu deveria saber? Não, tá tudo bem. Teté, passa o azeite. Você está respirando mais apressada, está parecendo nervosa. Lilinha, aconteceu algo no colégio? Claro que não, Tinho, se tivesse acontecido eu contava. Namorado novo? Talvez alguém com quem tenha feito pela primeira vez? Pai! Era isso, né? Vamos terminar de comer a pizza, Tinho. Bem, acho que talvez isso seja assunto só para mulheres, mas eu gosto de saber o que está acontecendo com você, filha.

Respirei fundo e passei a porta do estúdio. Meu pai bebericava um whisky e lia Mallarmé, naquele momento os sons do mundo se fecharam e eu o encarei. Ele deixou o copo na mesinha, o livro marcado ao lado. Me olhou com carinho. Se levantou, abriu os braços. Desculpa não ter contado. Abracei-o com força. Minha menina virou mulher e eu nem vi. Me deu um beijo na testa, eu me aninhei naquele corpo enorme, naquele abraço de urso gostoso que me dava segurança. Você tomou precauções? Tomei sim, pai. Ele é seu namorado? Não. Me abraçou mais forte, eu me aninhei ainda mais, aquele homem, meu pai, me respeitava.

Fomos embora logo após o almoço. Eu me sentia melhor, mas, ainda assim, o luto me sorria, fazia ninho em mim. Era claro que a vida precisava seguir o seu curso e o tempo passava, eu querendo ou não. Ao mesmo tempo, o luto me assegurava que eu retinha algo de meu pai. Que eu fazia com que o tempo, pelo menos na minha mente, passasse mais devagar do que ele passava. Duas semanas completas, e meu pai ainda era a ausência mais presente de minha vida.

Como foi, filha? Foi tudo bem, mãe. Foi divertido, sempre é divertido com a Teté. Arrumou alguém, lá? Dona Amália! Você precisa se alegrar, filha. Não tô falando de um namorado, apenas alguém para sair e se divertir que não seja sua prima. Fiquei com um carinha, transamos. Pode ficar tranquila, ele usou camisinha. Mas foi estranho. Ele tinha lá sua história, abandonado pela noiva que o trocou por outra, nos agarramos um ao outro para vencer nossas frustrações. Eu o comi, mãe. Nunca entendi essa história dos homens dizerem que comem as mulheres, quem come somos nós, a gente é que engole o pau deles, coisa machista essa. Gozei antes dele também. Era um misto de tesão, raiva, frustração. Foi tão constrangedor para os dois. Acredita que ele se despediu com um beijo no rosto? Isso que se chama sexo sem compromisso, mesmo. Você teria se dado bem nos anos sessenta. Mas falando sério, filha, você precisa encontrar algo que te mova, que te tire desse lodaçal, sei que está doendo, também em mim, mas precisamos sair disso, juntas. Eu descobri qual o presente que o papai me deixou. Como descobriu? Você não entrou no estúdio, né? Não. Na verdade, não é qual o presente, é o motivo dele ter me deixado. E qual é? Eu faço 20 anos de formada esse ano. É mesmo, eu havia me esquecido. Seu pai sempre foi muito melhor de datas do que eu. Quem me salvava no ministério público era uma secretária que sempre me lembrava de tudo. Amanhã você tem terapia. Tenho sim, vou encontrar com a Vânia no final do dia. Eu tenho uma cirurgia também, um cachorrinho com um abscesso, não é coisa complicada, mas o tutor tá desesperado, tadinho, eu cuido do cachorrinho desde que ele tinha 3 meses, tá com 6 anos agora. Vai dar tudo certo, minha filha, como seu pai dizia, você tem mão boa.

Foi uma cirurgia difícil. Era um tumor pequenino, num cantinho do intestino. Outro veterinário não teria visto. Sempre falei que você tem mão boa. Pelo visto, olhos também. A Paola me ajudou muito, foi uma ótima contratação. Você tem paixão pelo que faz, filha. Quem tem paixão pelo que faz, faz sempre bem feito, mesmo quando erra, quando falha, porque se colocou todo ali. Você é uma dessas pessoas.

Eu estive pensando, filha. E se você diminuísse a carga de trabalho na clínica? Talvez aceitar aquela proposta do podcast que uma vez você falou, nem que seja por um tempo, só para você descansar um pouco. Você anda lendo pensamento, dona Amália? Estou pensando em propor sociedade para a Paola, eu livraria uns dias, ficaria só com os clientes mais antigos, ela cuidaria dos novos. Tem proposta de faculdade para eu dar aula, mas acho que arrumaria mais trabalho ao invés de diminuir. Acho que você deve pensar bem, mas gosto da ideia da sociedade com a Paola, você sempre a elogiou tanto e ela dá o sangue na clínica também. Acho que seria uma boa, filha. Mas vamos conversando. E você, mamãe, como está? Temos falado só de mim. Que tal entrarmos no estúdio, vermos o tal presente juntas, enfrentarmos o seu Walter juntas. Pensei que você já tivesse entendido essa parte. O presente não vai fugir e ainda não chegou o dia em que você falou que tinha passado e terminado a faculdade. Por favor, respeite. Eu já te expliquei tantas vezes, não é difícil de entender. Tá bem, mãe, mas a pergunta continua. Eu estou indo, filha, são só duas semanas e parece que o mundo viveu trezentos anos. Falei disso para a Teté, acho que hoje ou ontem. Viver sem seu pai é um desafio constante. Ainda não me acostumei a dormir sozinha na cama, ainda o procuro de noite. Converso com ele todos os dias. Às vezes penso que estou perdendo o juízo, mas são coisas do coração. É o coração que fala. Acho que nossas almas continuam conversando. Eu fico pensando em fazer algo para preencher meu tempo, ser voluntária em algum lugar, talvez dar consultoria. Não sei. Quero muito fazer aquela viagem que falei, mas é para o ano que vem. Agora, preciso viver esse luto que estou vivendo, preciso deixar seu pai ir devagarinho. Por enquanto, é isso que posso fazer. Vamos ficar bem, eu e você. Mas lidamos de jeitos diferentes, e você precisa respeitar isso. Eu respeito, mãe. Um abraço gostoso, como o abraço de minha mãe é gostoso, um abraço de ursa, da mamãe ursa.

Dormi mal mais uma vez. Não sonhei, nem gritei para alegria do Benê, mas dormi picado, levantei várias vezes. De manhã, cheguei cedo à clínica para estudar o procedimento cirúrgico, treinar e pensar no melhor jeito de fazer. Apesar de tudo, eu estava animada. O trabalho me distraía. A cirurgia levou mais tempo do que eu esperava, mas correu tudo bem. Terminei exausta. Almocei com a Paola, conversamos bastante. Ela era animada, apaixonada, como eu, pelo que fazia. Também apaixonada pelo marido e pelos filhos.

Será que meu luto seria mais fácil se eu tivesse marido e filhos? Será que eles preencheriam a ausência de meu pai, ou será que eles só preencheriam o meu tempo, fazendo com que eu pensasse menos na minha perda? Será que um amor pode substituir outro? Será que era por isso que minha mãe parecia sempre tão serena, apesar de estar sofrendo? Se preocupar comigo ocupava seu tempo e fazia com que pensasse menos na sua dor? Tudo fazia sentido e, ao mesmo tempo nada fazia sentido. Olhar para aquela moça, que havia começado como estagiária comigo e que havia virado meu braço direito, me enchia a mente de cachorrinhos abanando o rabo. Há quanto tempo trabalhamos juntas, Paola? Eu tinha acabado de me formar. Eu tinha o quê? Vinte e dois anos, isso, 22 anos. Mais de quinze anos, o tempo passa rápido. Rafa, eu quero dizer que sou muito feliz trabalhando com você, estou muito satisfeita pela sua confiança, por passar tantos clientes para mim. Pode contar comigo nesse período difícil. Eu sei, minha amiga, eu sei, preciso te fazer uma proposta. Lá se foi o pensar direitinho, agir com calma e eu criticando Teté pela impulsividade. Vá pensando, converse com seu marido, eu estou querendo tirar o pé do acelerador, fazer umas outras coisas, queria te propor sociedade, você comprar uma parte da clínica. Você a conhece tão bem quanto eu, acho que seria bom, claro que faríamos tudo direitinho, com a contabilidade, advogado, contrato, tudo isso. Não sei o que dizer. Pensa, não precisa responder logo. É para o ano. Ela sorriu, na verdade seus olhos brilharam. A morte do meu pai está me fazendo repensar várias coisas, preciso olhar para outros campos da minha vida. E eu gostaria de que a clínica fosse cuidada por alguém que a ama como você.

No Serra não tem nenhuma clínica, papai. Tem veterinários, mas como eu estou pensando em abrir, não tem nenhuma. Veterinária, loja, Pet Shop e hotelzinho. O custo não é tão alto e posso contratar estagiários, no começo. Você não quer um sócio ou sócia? Não conheço ninguém em quem confie tanto assim, depois sociedade acaba sendo complicada se você não conhece bem a pessoa. Você e o tio Eduardo conseguem ser sócios porque se conhecem bem, são amigos. A casa é ótima, vai precisar de adaptações, se pudermos comprar a gente se livra do aluguel e é em uma parte ótima do bairro, muita gente com animaizinhos de estimação. Você pensou em tudo, né? Estou fazendo valer meu "vale clínica".

A tarde transcorreu tranquila. Atendi quatro pacientes que eram visitas de rotina, dois precisavam de vacina e um tinha uma pequena inflamação, não muito grave, que precisaria retorno para a outra semana. Atendi um animal resgatado, que precisaria de muito carinho, mas não de internação. Receitei algumas vitaminas, carinho, um sabonete específico para o pelo. Lembro quando comecei a trabalhar como voluntária para um abrigo de animais. Foi o trabalho mais gratificante do mundo. Talvez eu pudesse voltar a fazer isso ou ficar na clínica cuidado apenas disso. Anotei na agenda para conversar sobre isso com a Paola. Também tive que cuidar de uma nova contratação. Uma das veterinárias, Alessandra, estava saindo de licença maternidade, e precisávamos de uma substituta. Bati o martelo por um rapaz, o Victor. Havia se formado há pouco tempo, mas tinha nos olhos aquela paixão que tinha eu no começo. Agora havia chegado a hora, o momento mais difícil do dia. Era hora de encarar a Vânia, meu luto, meus pesadelos, minha dor, a falta do meu pai, a relação com minha mãe, minhas frustrações, meus desejos, minhas inseguranças. Era muita coisa para uma única sessão. Mas eu não faria uma sessão só, e tinha que começar por algum lugar. O ponto de partida, óbvio, era a morte de meu pai e todas as suas consequências na minha vida. Estacionei o carro um estacionamento da Avenida Brasil e caminhei até o prédio. Ventava calor e abafamento. Eu estava abafada e ansiosa. O coração pulsava como baiacus nervosos, e minha garganta enrolava-se como uma serpente em galho seco. Entrei no consultório. A secretária me recebeu. Sentei e comecei a mexer no celular. Mensagem da Paola, estava indo para casa, conversar com o marido, não sabia se me daria resposta logo, mas estava feliz. Mensagem de Teté, louca para chegar as férias. Mensagem da minha mãe me desejando sorte na terapia. Mensagem de um tutor, seu cachorrinho havia melhorado. Mensagem do Thierry, perguntando se estava tudo bem. Rafaela. Era minha vez, passei pela porta como um gladiador entrando na arena. Era agora.

Posso conversar com você, pai? Claro filho, algum problema? Amanhã eu faço minha primeira cirurgia, é em um gatinho, aparentemente coisa simples, desobstrução do intestino, mas estou com medo. Claro que está, pessoas inteligentes sentem medo. Quando fui defender uns estudantes que estavam presos pela ditadura, eu estava tremendo. Eu era recém-formado, mal sabia falar direito, mas eles dependiam de mim, a vida deles dependia de mim. E o que aconteceu? Vomitei um monte de leis que estavam sendo violadas, disse um monte de coisa que foi saindo, como se eu estivesse possuído por algum espírito. No fim, bom, a ditadura já estava nos estertores, denúncias dos mais variados tipos, muita corrupção, alguns que faziam parte já tinham percebido isso e queriam deixar seu passado menos sujo, dei sorte e deu certo. Eles foram mandados para casa, alguns mantiveram-se na frente de batalha, foram mortos ou presos novamente, de qualquer maneira venci meu medo e superei a primeira experiência. Me dê um abraço, um segredo, quando estiver com medo, vai com medo mesmo.

E você está com medo agora, Rafaela? Sim. Medo de quê? De continuar enfrentando o luto, de não ouvir mais meu pai, de não receber mensagens dele, de não receber um abraço. São coisas diferentes. O luto que você está sentindo precisa ser vivido, você tem que se permitir até para aprender a lidar com a falta de seu pai, para encarar essa falta, essa ausência como você chama, não é fácil Rafaela, mas você precisa. Comecei a chorar e a empinar minha pipa de dor no ar-condicionado do consultório. Pela primeira vez, o muro feito em cima da areia da saudade desabou. E desabaria outras tantas vezes. Eu estava ali, nua. Completamente nua diante da psicóloga. Durante esse tempo todo eu não tinha me despido na frente de ninguém. Havia sempre uma máscara, uma roupa que não permitia que ninguém invadisse o espaço da minha dor, eu sofria calada, sofria gritando, sofria chorando, mas não permitia que alguém invadisse o espaço sem que eu convidasse e eu não convidei ninguém, nem minha mãe, nem a Teté, a Paola, qualquer amigo, nem meus tios, primos, ninguém. Agora eu tirava o macacão, a máscara, e Vânia conseguia ver toda a minha dor, completamente nua, completamente visível, exposta como uma fratura que arranca toda sua possibilidade de defesa.

Como foi a cirurgia? Foi tudo bem, pai. O prognostico é ótimo e os tutores, logo, logo vão poder levá-lo para casa. É bom não, é? O quê? A sensação de ter feito algo importante para alguém. Dessa vez fui eu que o abracei. Você é um fofo.

A rotina daquela semana foi isso, rotina. Fazendo coisas automáticas, de forma automática. De alguma maneira eu estava mais leve. Não, o luto não havia passado, mas ele tinha me dado um tempo para respirar fora da água. Continuei dormindo mal, mas os pesadelos diminuíram. Não acordei gritando nenhum dia.

A semana seguinte foi a repetição da anterior, pelo menos no trabalho. Mas havia um fio solto de energia próximo à água. Na sexta seria aniversário de meu pai. Minha mãe, que havia passado bem todos aqueles dias, teve um pico de pressão. Logo ela, que tinha sido uma brisa de calmaria naquele furacão que eu havia me tornado. Olavo preferiu não arriscar. Passou um ansiolítico e marcou um retorno. Perguntei se ela não queria fazer terapia também. Estou muito velha para isso. Ninguém é velho para fazer terapia, terapia é vida. Não. Quanto o dia se aproximava, mais uns corvos rondavam nossa relação e nossas ações.

Como você está agindo para melhorar isso? Não sei, Vânia, não sei se consigo. Cada uma de nós está vivendo esse luto de um jeito e eu ando sem paciência. Quando penso que saí dessa lama, acontece algo com ela que me puxa para baixo. Você a está culpando? Não! Não! Não! Mas estamos fora de sintonia. E ela ainda não quer abrir o estúdio. Se nega terminante-mente. E isso te frustra? Claro que sim, tem um presente, um presente do meu pai para mim e o egoísmo dela não deixa sequer que eu entre ali só para pegar. E você já perguntou o motivo? Ela diz que meu pai ainda está ali, que quando ela decidir abrir o estúdio para que eu pegue o presente, ele irá embora definitivamente. E você não respeita isso? É claro que eu respeito, se não respeitasse já tinha entrado naquela buzanfa e pegado o que é meu de direito. E isso te irrita? Profundamente. Percebe, Rafaela, que é você que precisa aprender a lidar com isso? Sua mãe te deu um prazo? Não, mas ela tem falado que depois das festas, talvez seja um bom momento. E isso gera ansiedade em você? O que geraria? Minha mãe sabe que odeia essas coisas de ter que esperar. Odiava quando ela ou meu pai diziam "preciso falar com você, mas depois" se é para falar, fala logo, se é para dizer depois não fala agora. Eu não sei mais o que fazer. E os pesadelos? Não tenho tido pesadelos, mas também não tenho dormido bem. E o trabalho? Tudo como sempre, rotina, tenho tentado diminuir para aliviar o estresse, quero fazer algo novo, estou negociando para o ano que vem participar com dicas para pets em uma rádio e também para ter uma participação fixa em podcast que já existe, mas me ofereceram a possibilidade de participar, não sei se você conhece, é o PodPet. Não, não conheço, mas são boas coisas. E como você está em relação a isso? Ansiosa também porque isso tudo depende de uma antiga funcionária aceitar ser minha sócia. Você acredita que ela sendo sua sócia você trabalhará menos? Acredito que sim, já estou passando todos os casos novos para ela, deixando de atender emergência, ficando só com os clientes antigos. Você não é muito nova para fazer isso? Tenho a clínica há 20 anos, desde que me formei, estou em um momento que quero novos desafios, mas desafios que também me deem prazer e a clínica, que já foi meu sonho, hoje não me dá prazer.

E aí, o que acharam? Ficou linda, filha. Tudo de muito bom gosto, bem clean e ao mesmo tempo completo e moderno. E os funcionários? Essa é a parte complicada. Estou entrevistando algumas pessoas, vou precisar de ajuda principalmente no banho e tosa e na loja, até agora consegui contratar somente uma secretária. Você sabe que pode contar conosco. Sei sim, pai. Vou conversar com alguns amigos, ver se eles podem indicar alguém. A contabilidade que você me indicou é ótima, tem ajudado bastante. A turma do Alfredo é muito competente, trabalho com ele há muitos anos, nunca tive problemas. Eu tenho procurado ler muita coisa também, porque não sou comerciante, mas estou entrando em um mercado que tem muito espaço ainda, há muitos veterinários, mas poucas clínicas como a minha.

E você culpa a Paola por conta disso? Claro que não. Eu culpo a mim porque nunca aceitei ou quis ter sócios. A clínica cresceu, virou quase um hospital veterinário e eu, burra, nunca pensei que isso poderia me esgotar. Você está esgotada pela clínica ou pela morte do seu pai? Em algumas sessões eu odiava a Vânia. Hoje era uma delas. Por que tinha que sempre me colocar naquela situação? Eu tinha vontade de fugir dali, tinha vontade de gritar com ela, de mandá-la tomar no cu, enfiar todas aquelas perguntas goela abaixo, mas só consegui responder: não sei.

Vai dar um trabalho enorme mudar a clínica de lugar, então resolvi que era melhor comprar o terreno do lado. Eu pesquisei, não está tão caro. Posso pagar e ainda sobre um dinheirinho para a ampliação. Vai ser duro conviver com obra, mas não tenho mais espaço. Não tenho mais como receber mais clientes e eles aparecem todo dia. Quem mandou ser competente? Vai dar tudo certo, filha. Confio em você.

Expandir a clínica foi uma ousadia que deu muitos frutos, mas rendeu muita dor de cabeça. Contratar mais funcionários aumentou a rotatividade, organizar a escala de plantonistas era um desafio, e eu mesma precisei fazer alguns plantões. Paola já trabalhava comigo, e eu via muito potencial nela.

Rafa, podemos conversar? Claro, Paola. E aí, já tem a resposta? Sim, eu tenho, na verdade é uma contraproposta. Estou ouvindo. Outro dia ouvi o Victor, nosso Victor, falando que tinha um dinheiro que queria investir e não sabia direito, que já tinha pensado em abrir um consultório, mas ficava com medo porque era pouco conhecido e a concorrência é grande. Eu falei com ele e ele topou. Eu não tenho todo o dinheiro para virar sua sócia, então ele entraria com o resto e você ganharia dois sócios com a vantagem que poderia reduzir sua carga de trabalho com tranquilidade. Eu não sei, Paola, o Victor é um excelente veterinário, mas é muito novo. Você era muito nova quando montou a clínica e continuava nova quando me contratou que ainda era muito nova. Sorri, havia lógica naquilo. Eu estava cansada de pensar, de esperar. E tem mais, podemos criar um conselho para analisar casos, nós três, o que ajuda quando houver algum óbito ou alguma decisão complicada a ser tomada.

Ele morreu, papai, ele morreu! Quem, filha? Meu primeiro paciente. Um cachorrinho com câncer, eu o estava operando e ele morreu na mesa de operação. Filha, isso um dia ia acontecer. Não foi culpa minha, eu fiz tudo certinho, mas ele não resistiu. Comunicar à família foi muito horrível. Eles estão te culpando? Não, mas eu me sinto culpada. Você, é? Não. Então venha aqui. Deita sua cabeça no colo do seu velho pai. Chora tudo que tem para chorar, eu prometo que não falo nada, fico aqui quietinho.

E isso te ajudava? Sim, me ajudava. Era ótimo ter meu pai ali para me dar apoio sem me julgar, era ótimo ter uma pessoa que sempre me ouvia e nunca perguntava nada além do necessário, era um conforto poder chorar com ele sem precisar explicar nada. E isso você não conseguia com sua mãe? Era diferente, muito diferente. Com minha mãe, eu falava, chorava, mas eu sabia que queria algum conselho, queria algum comentário, eu ia para o meu pai quando queria apenas colo. Quando você resolveu morar sozinha, quem te apoiou? Puta que pariu, Vânia, que relevância isso tem agora? Se ela pudesse ler pensamentos a terapia seria muito interessante. Acho que os dois, foi de comum acordo. Sabíamos que tínhamos ritmos de vida diferente e eu já tinha quase 30 anos, tava na hora de ter meu canto. Eles interferiram em alguma coisa, deram palpite? Puta que pariu parte dois! Não. Foram meus fiadores até que eu encontrasse um apartamento que gostasse para comprar.

Parabéns, nova proprietária. Orgulho de você, filha! A pizza, hoje, é por sua conta e quando tudo estiver na casa nova e você quiser nos dar a honra de nos receber, será uma alegria. Calma, pai. O apartamento é bom, mas precisa de umas coisinhas, mas pode deixar, seu Walter, vocês estarão na inauguração.

Então, Rafa, você aceita eu e o Victor de sócios? Aceito, Paola, vai ser bom ter vocês como sócios, vai ser ótimo ter duas pessoas tão competentes e apaixonadas pelo trabalho. Vou conversar com a contabilidade, com meu tio e a gente acerta isso tudinho, se tudo correr bem começamos o ano nessa nova formatação.

De certa forma, a terapia, e ter resolvido a sociedade antes do aniversário de meu pai, me aliviou. Marquei com Teté no Bolão. Vamos comemorar. Então tenho a mais nova radialista da cidade na minha frente. Calma, essa parte ainda falta fechar, mas vai ser legal, vou trabalhar menos, fazer coisas diferentes e ainda ganhar uma graninha. E amanhã, Rafa, como vai ser? Minha mãe quer fazer um jantarzinho para nós duas. Estou preocupada com ela, esse pico de pressão. Tentei propor terapia, ela nem me deu chance, não sei o que fazer. Ela disse que quer fazer outras coisas para ocupar a cabeça, acho que essas primeiras datas vão ser complicadas mesmo, minha esperança é que passe logo. O tal do Victor que vai ser seu sócio, é bonito? Prima Esther, você virou papa-anjo? Credo, Rafa, isso entrega nossa idade. Rimos. Ele é bonito, talentoso, mas muito novo, a menos que você goste de ir para baladas, raves e outras coisitas mais. Tô fora. Quero alguém que queira ir em lugares onde haja pouco barulho, mesa para sentar e depois vá para casa comigo ver um filmezinho qualquer. Tem que gostar de rock, claro. Claro. E você? Não estou tendo tempo de pensar em relacionamento agora, Teté. Quem sabe quando tudo isso passar. Você acha que sua mãe vai abrir o estúdio amanhã? Sem chance. A Ângela comentou que ela só pretende abrir o estúdio no ano que vem. Eu também tenho medo, sabe? De certa maneira gosto daquela porta fechada, sem que eu tenha que enfrentar aquele presente que não faço ideia do que seja. É cômodo. Vai dar um grande frio na barriga quando tiver que abrir. Amanhã você não trabalha? Não. Coloquei sextas-feiras na minha escala de folga. Estou precisando disso. Também avisei que janeiro estarei de férias. Mas você sempre tira férias em janeiro. Dessa vez elas serão um pouco mais longas, quero organizar toda minha vida, dar um jeito nas bagunças internas e externas. Isso é bom. Mas estou com medo de amanhã e medo de depois de amanhã. Medo do final de ano, medo, antes a palavra que eu mais usava era luto, agora é medo. Luto e medo caminham juntos em mim. Dá um bom poema se você escrevesse poemas. Ou uma boa letra de música. Que também não sei escrever.

Por que você tem tanto medo do que não disse a seu pai? O que faltou dizer? Enquanto ia para a casa de minha mãe, em um fim de tarde chuvoso como só o dezembro de Beagá sabia ter, pensava na pergunta da Vânia. Não sei. Tenho medo de não ter dito todos os "eu te amo" que gostaria, de não ter dito o quanto me orgulhava dele, de não ter dito tantas coisas. Fico sempre achando que bati portas demais, que fiz caras feias demais, que fiquei chateada demais com os silêncios dele, que só fui compreender muito tempo depois. E o que aconteceu quando você compreendeu? Passamos a nos entender melhor, acho que passei a respeitar a maneira como ele lidava com tudo. Eu sentia raiva na adolescência de ver aquele homem tão prolixo e sedutor em palavras no trabalho e tão silencioso em casa. Mas você gostava dos acolhimentos dele? Sim, claro que sim. Era a única pessoa que não ficava me julgando ou pedindo explicações quando eu estava frustrada, triste, quando terminava com um namorado. Ele só me acolhia, me abraçava, me dava colo. Não sei, acredito que sempre queríamos ter dito mais do que dissemos para quem foi embora. Fico sempre no se. Se tivesse feito isso, se tivesse falado aquilo. Mas você não falou e não fez, como lida com isso? Acho que me culpo, mas ao mesmo tempo, tínhamos algo tão especial. Você se culpa assim em outros relacionamentos? Um pouco. Com meu último namorado. Acho que meu excesso de dedicação ao trabalho nos afastou, ele foi cansando de ser trocado por gatos e cachorros, por plantões intermináveis e por saídas de encontros sem maiores explicações. E você se culpa assim pelo seu pai? Não, não da mesma maneira, com meu pai era diferente. Bastava um telefonema dele, aquele vozeirão preenchendo minha existência e estava tudo bem, mesmo que ficássemos muito tempo sem nos ver. Percebe que você pode estar comparando seus namorados com seu pai? Pode ser, mas não estou aqui por conta de um namoro que não deu certo, estou aqui porque perdi meu pai e não sei como lidar com isso, quer dizer, racionalmente eu sei, mas eu estou me acabando em noites insones. Rafaela, de que lado da morte você está? Como assim? Na morte há apenas dois lados. Sim, e de que lado você está? Bem eu estou viva, meu pai está morto. Ou você está morta embora esteja viva?

Entrar em Santa Teresa é sempre lembrar. Hoje ainda mais. Primeiro aniversário de meu pai sem meu pai. Ele gostava tanto de aniversários. Será que morri com ele? Será que gostaria de morrer no lugar dele? Eu estou viva, mas uma parte de mim está morta, uma parte importante de mim está morta. Mas qual parte? A parte que é meu pai ou mais alguma parte que ele levou junto e que eu ainda não descobri?

Obrigado, filha, não precisava se preocupar. Ah, pai, é seu aniversário e não é para todo mundo que posso dar um disco raro do John Coltrane. Eu sei, é bom ganhar presentes sem precisar.

Meu pai tinha uma frase que nunca esqueço, uma daquelas curtas e marcantes que ele desfilava como uma modelo em lançamento de coleção de estilista famoso. Era uma frase para quando ele dava presentes e ouvia um não precisava. Se precisasse não era presente. E pronto. Quem ganhava estava desarmado. Meu pai adorava dar presentes. Em todos os aniversários de casamento, mesmo os mensais, ele dava algo para minha mãe. Arrumava sempre uma data especial para dar presentes para todo mundo. E, quando não havia data, simplesmente dizia Lembrei de você.

Parei o carro em frente à garagem de minha mãe, abri o portão, Solange me cumprimentou, eu sorri, disse um Precisamos tomar uma para conversar. Entrei com o carro. Eu não sabia o que me esperava, estava nervosa. Levei um vinho que minha mãe e meu pai gostavam e comprei uns petiscos. A sala estava toda arrumada, cheirava à casa de mãe. Uma mesa como só ela sabia organizar, copos, pratos, petiscos, tudo delicadamente organizado e sem exageros. Minha mãe sempre foi assim, impunha sua presença sem exageros, chamava atenção por ser elegante, sem ser pedante. Abracei-a, meus olhos se encheram de lágrimas. Ela estava deslumbrante em um vestido de tule preto, que realçava suas feições. Enxugou as lágrimas que também caíam. Hoje um monte de gente me ligou, lembrando do seu pai. E como foi? Triste, angustiante, consolador... quer conversar, mãe? Claro, querida, é para isso que estamos aqui. Ponha o vinho para gelar, coloquei alguns outros, mas hoje vamos começar com um whisky ou com uma vodca com Schweppes, o que você prefere? Que tal uma dose de cada? Rafaela, Rafaela, eu sou uma viúva de respeito, não posso sair por aí bebendo como uma jovem dos anos 1970. Você é uma jovem dos anos 1970, dona Amália! Rimos. Notei que ela tinha montado a mesa para três pessoas. Meu pai deixava sempre o whisky da vez no estúdio e alguns outros guardados em um armário de bebidas na cozinha.

Rafaela, você, por acaso, pegou alguma garrafa de whisky do armário? Por quê, mãe? Porque está faltando uma e não está no estúdio, seu pai não deu de presente para ninguém... eu levei para a festa ontem. E você pediu? Não, não pedi. Pois é bom repor antes que seu pai perceba, mocinha. Ele nunca percebe, mãe, é sempre você. Mas é ele que compra e coloca dentro do armário, então se chegar com alguma garrafa. Tá bem, tá bem, mãe. E que história é essa de levar bebida para a festa alheia sem pedir? Que educação te demos, Rafaela? Não é porque virou universitária que não precisa mais dar satisfação para seus pais.

Ele nunca percebia mesmo, mãe? Claro que percebia, mas ficava esperando se você ia repor, como você repunha ele achava melhor não falar nada. Acho que foi uma alegria quando você pediu para levar uma vodca para alguma festa que foi. Não erramos na educação dela, ela só precisava de um tempo para aprender, ele dizia. Seu pai sabia até se as garrafas estavam colocadas do jeito que ele deixou. É estranho pensar que ele não ficava bravo por essas pequenas transgressões e ficava magoado por coisas muito menores. Seu pai queria que você contasse tudo, ele ficava sempre mais tranquilo sabendo que você confiava em nós para contar tudo que acontecia. Mas jamais ia impor isso. Então ele esperava, pacientemente ele esperava. O que você mais sente falta dele, mãe? São 48 anos de presença que pesam na ausência, Rafa, é difícil. Sinto falta de cada célula, de cada respiração, da voz, da risada, dos silêncios, porque os silêncios de seu pai eram especiais, não eram como os silêncios dos outros, nem como o silêncio da casa agora, eram silêncios cheios de vida.

Tomamos a dose de whisky, mais a dose de vodca com tônica. Essas foram em homenagem a seu pai. Abra um vinho agora, vou pegar mais queijo e patê. Eu sinto falta da voz dele, mãe. Sinto falta dele me dizendo bom dia, de ligar para mim e perguntar daquele jeito só dele: tudo bem? Nós vamos sobreviver, Rafa, vamos passar por isso, um dia eu vou encontrar seu pai, não sei quando vai ser e você também vai sobreviver quando eu me for, porque assim é a vida, assim age a natureza, não chore, filha, ou chore, ponha pra fora, hoje é um dia que é para chorar mesmo, lembrar de seu pai, sentir a presença dele. Choramos, nos abraçamos, rimos, por fim decidimos ver um filme. Pouco prestamos atenção ao filme, divagamos sobre a vida e sobre a morte, parávamos para fazer xixi e abrir mais vinho, pegar petiscos e tomar água. Olhei para a porta do estúdio. Em breve, filha, está chegando a hora, prometo. Aquele ritual me irritava e ao mesmo tempo me seduzia, era como se eu voltasse à infância.

Ainda vai demorar para o Natal? Por que você quer saber? Porque Papai Noel vai me trazer uma bicicleta. Quem te disse isso? A mamãe. Eu sou seu pai e não estou sabendo disso. Na última conversa que tive com Papai Noel, ele não me falou nada sobre isso. Vou ver se consigo falar com ele e confirmar essa história, mas você vai ter que esperar um pouco.

Eu vou esperar, mãe, estou esperando. É preciso cumprir o nosso luto, Rafa, não há uma lógica nisso, o luto não tem lógica, ele é vivido, ele é sentido, mas de maneira diferente, cada pessoa tem seu jeito, sua forma, sei que você está ansiosa e eu já te enrolei por um mês, mas em breve você vai poder pegar seu presente e reencontrar seu pai a partir dele e eu poderei deixá-lo ir, finalmente, e encarar que ele não estará mais aqui, nunca mais. Você dorme aqui, hoje? Durmo sim. Lembra de como ele adorava ficar no escuro? Sim, lembro. Não gosto mais do escuro, eu gostava quando seu pai estava aqui, o escuro era sempre sedutor com ele, sempre trazia uma surpresa. Lembro quando ficávamos sentados vendo filme ou ouvindo música, ele ia se chegando, como quem não quer nada, a mãe me tocava, sempre de leve, depois ia percorrendo meu corpo, era um convite silencioso, bem ao estilo do seu pai, dependendo do dia ele tocava os bicos dos meus seios, com aqueles dedos compridos e ficava brincando com eles até me derreter, outras vezes ele enfiava o dedo pela calcinha, ficava mexendo na minha vagina até me deixar molhada e suada, só então tirávamos a roupa, era um a loucura doce e excitante. Várias vezes transamos no chão da sala, do quarto, até na cozinha transamos. Dona Lilinha, acho que bebeu demais, isso é coisa que se fale para uma filha? Você já me contou coisas piores, Rafa. Rimos. Adormecemos no sofá, mas fomos para a cama assim que minha mãe sentiu sede. Deitei no meu antigo quarto, na minha antiga cama, senti a presença de meu pai, fechei os olhos, apesar de tudo que havia bebido não conseguia dormir direito, mas acabei embarcando no sono dos bêbados...

Ei, Rafa, que é que há? O que você está fazendo, Rafa, por que não dorme direito? O que está acontecendo, filha? Eu estou bem, estou muito bem. Não quero nem você nem sua mãe triste. Eu amo muito vocês duas, sempre amei e sempre vou amar. Nós dissemos tudo que precisávamos quando eu estava aí, Rafa. Nunca deixamos de dizer nada um para o outro, quando não falávamos com palavras, falávamos com abraços, não é? Você não disse, o quanto me amava, no sábado antes de eu ir? Então, filha, por que você está fazendo isso com você? Chega de pesadelos. Chega de tristeza. Chega de noites de insônia. Durma, minha menina. Durma bem. Lembre-se das músicas que cantávamos juntos, eu mal e você bem. Lembre-se que papai sempre vai te amar e sempre vai estar com você. Viva, Rafa, viva. Você tem uma longa vida pela frente. Não pense em mim com tristeza. Eu não estou triste. Estou em um lugar muito bom. Durma, minha filha. Durma.

Foi minha primeira noite de sono em semanas. Dormi pesado. Sonhei com meu pai a noite inteira, só coisas boas, lembranças lindas, cuidados especiais. Não tive pesadelo, não gritei no meio da noite, não acordei para fazer xixi, beber água ou qualquer coisa que interrompesse o sono. A tranquilidade da rua em que minha mãe morava e o blecaute da janela ajudaram. Foi a melhor noite de sono, não apenas daquelas semanas desde a morte de meu pai, mas em anos.

REENCONTRO.

Eu te amo, mãe. Eu sei, querida. Mas eu quero dizer, dizer sempre, tenho medo que se vá sem saber o quanto te amo e o quanto admiro você. Eu sei disso, Rafa, sempre soube.

Havíamos passado as festas de fim de ano bem. A família se reuniu e a dor foi substituída pela solidariedade e cumplicidade. O novo ano trouxe novidades, na verdade uma nova vida. Leandro e o noivo conseguiram adotar um menino. O ciclo se renova sorriu minha mãe.

Eu finalmente me afastei um pouco da clínica. Os trâmites da nova configuração, com dois sócios além de mim, estavam sendo cuidados com carinho pelo meu tio e pela contabilidade. Eu estava desenvolvendo um programa para uma rádio sobre pets, e o podcast para o qual eu fora convidada estava em vias de ser finalizado. Eu tinha tempo, oficialmente, eram férias. Na nova distribuição da clínica, eu havia ficado apenas com os clientes mais antigos ou alguns que faziam muita questão de serem atendidos por mim. Mas, agora, eu estava de férias. Estava cuidando de mim. A terapia tinha progredido, e os pesadelos haviam ficado para trás. Minha mãe, finalmente, faria a viagem organizada com as amigas. Fui à sua casa para levá-la ao Conexão Aeroporto. Era um sábado quente, fazia muito sol. Quando cheguei, nos abraçamos. Falamos sobre o quanto eu a amava, e então notei a porta do escritório aberta. Olhei para ela. Ângela deixou tudo arrumadinho, eu não tive coragem de entrar, não achei justo fazer isto antes de você. Você teve paciência, respeitou meu tempo, apesar de uma ou outra insistência. É justo que você faça isso primeiro. Veja que presente tão precioso seu pai deixou, eu terei tempo de entrar lá e me encontrar com ele. Agora é a sua vez. Pequenos seres brilhantes saltavam de meus olhos, eu mal conseguia enxergar, o coração estava acelerado. Fique o tempo que precisar, não sei o que tem ali, mas deve ser muito precioso. Tem comida na geladeira, se precisar de algo. Agora vamos, me deixa no Conexão e volte para cá, mergulhe no que precisar mergulhar, você ficará bem e não estará sozinha, você sabe. Um gorila de mãos enormes esmagava meu pescoço. Um fio de voz saiu, acho que disse obrigado e te amo. Sim, eu sabia, além do presente havia as bebidas do bar, era isso que minha mãe se referia, também havia copos, gelo e todo o arsenal de anestésico que eu precisaria. Colocamos as malas no carro, em silêncio, todo o trajeto foi feito em silêncio, minha mãe sabia que eu não estava ali, o corpo dirigia no automático. As amigas já a esperavam, cheia de conversas. Despedi-me, esperei o ônibus sair. Entrei no carro e voltei. Não sei o que pensei no trajeto, não sei se vi o trajeto. Estava de novo na casa de minha adolescência e juventude. Entrei, tranquei a porta. Parei na sala. A porta do estúdio, ali, me esperando, me convidando para entrar, o gorila apertava ainda mais minha garganta. Meus pés se arrastavam, eu estava de short e camiseta, mas era como se estivesse dentro de um escafandro de veludo. Entrei. O ventilador todo especial que meu pai adorava estava lá. Minha mãe deve ter pedido para Ângela limpá-lo. Liguei-o e fechei a porta. Antes de mergulhar no meu presente, eu passeei pelo escritório, tocando cada coisa. Meus dedos percorreram cada centímetro das estantes, dos livros, dos objetos como quem percorrem o corpo do amante. Tudo estava impecavelmente limpo e, ao mesmo tempo, mantinha um cheiro característico, o cheiro de meu pai e isso nem Ângela, nem minha mãe podem ter preparado, o cheiro dele estava impregnado em cada objeto, em cada lembrança, nas minhas entranhas. Antes de me deter na caixa, pensei em abrir um whisky, depois pensei em uma vodca com Schweppes, estava calor, olhei, na adeguinha climatizada havia vários vinhos, tudo a seu tempo. Abri uma garrafa de um velho e bom Bourbon, coloquei várias pedras de gelo e me sentei na sua escrivaninha. Coloquei meticulosamente a garrafa e o copo e olhei para meu lado direito. Estava li. Uma caixa média, com um embrulho dourado, um laço exagerado que ele devia ter arrumado de algum outro embrulho e um pequeno e delicado cartão, escrito com a linda caligrafia que tinha. *Para Rafaela, com amor, Papai.* Agora o gorila não apenas apertava minha garganta como sentava em cima de meu peito. Eu parecia um carro velho subindo as pirambeiras do Gutierrez, mal respirava. Tomei um bom gole e coloquei mais um pouco de whisky no copo. Desfiz o laço com cuidado e cheia de amor, como se tirasse a gravata de meu pai. O embrulho se abriu. Era uma caixa retangular, bonita. Ele devia ter comprado em alguma papelaria. Tirei a tampa cheia de desejo e medo como se abrisse um sarcófago ou entrasse em uma gruta desconhecida. Aquele lugar era desconhecido. Coloquei a caixa entre minhas pernas. Criança novamente, olhos cheios de bichinhos cristalinos, passei a mão pelo conteúdo. Eram cadernos. Uma meia dúzia. Alguns espiralados, outros brochura, todos de capa dura, meu pai gostava de capas duras, era uma mania, como gostava de escrever com caneta de tinta preta, principalmente em suas agendas. Olhei para cima. Vi milhares de livros nas estantes, a janela com a cortinha cuidadosamente fechada, os pequenos quadros e as dezenas de lembranças de viagens, canecas, bibelôs, sim, eu enrolava para ver o conteúdo dos cadernos, talvez faltasse coragem, talvez eu não quisesse estragar o momento, não havia uma carta, um bilhete, com o motivo daquele presente, provavelmente ele esperava poder me dizer ao vivo. O gorila soltou um pouquinho minha garganta e destravei a atiradeira de bichinhos cristalinos. Entre soluços e uns goles, o gorila me segurou de novo, respirei fundo e abri o primeiro caderno.

Você nasceu em um lindo dia de sol de uma manhã de março. Foi o dia mais feliz da minha vida, que sua mãe não nos leia. Daqui para frente escreverei sempre que possível para você neste caderno e em outros, um dia eles serão seus e você poderá me reencontrar sempre que quiser. Papai e mamãe sempre te amaram, muito antes de você nascer. Eu enchi muito a paciência de Deus e da Virgem Maria pedindo para que sua mãe engravidasse e que nascesse uma menina, assim, exatamente como você, linda. Você deu trabalho para nascer, sua mãe teve que fazer muita força, seus tios e tias, seus avós, todos estavam ansiosos para te conhecer, mas tiveram que esperar uma madrugada inteira até que você resolvesse chegar com os pulmões soltando uma sinfonia.

Nós já sabíamos o seu nome e sussurramos no seu ouvido, você abriu um lindo sorriso e tivemos certeza de que havíamos acertado. Rafaela. Eu escrevi esse poeminha para você.

Num belo dia de sol

Uma menina linda

Veio a nascer

Tinha nada ainda

Mas fez o milagre

De transformar a vida

E a lida
De um homem
Que agora, ai!
Pode ser chamado de pai
Por essa menina bela
De nome Rafaela.
Belo Horizonte, 04 de março de 1980
Com amor, Papai

Limpei os bichinhos cristalinos de meus olhos. Meu pai escrevia poemas. Minha mãe, nunca me contou que ele escrevia poemas. Nem mesmo para ela. Pensei em levantar e lhe perguntar, mas meu corpo se negou a obedecer. Mexi nos outros cadernos, era a mesma caligrafia elegante e firme. Passeei pelas folhas daqueles cadernos, era mais do que óbvio, meu pai os havia escrito para mim. Liberei os bichinhos cristalinos desde que não ousassem sujar aquele lugar mágico em que eu havia entrado. Meu pai estava ali, não em um caixão, não nas cinzas jogadas na Serra do Cipó, meu pai estava ali. Empurrei o gorila que largou meu pescoço, sorri. O segundo texto estava sem data.

Hoje você faz quinze dias, como cresceu! Papai e mamãe estão sendo ajudados pelos seus avós, que são muito corujas. Seu avô, pai do papai diz que você parece muito comigo, seu avô, pai da mamãe, discorda veementemente, diz que você puxou a família dele, suas avós estão felizes demais para acharem qualquer coisa além de que você é linda. Você tem muito fôlego, chora alto e ficamos preocupados com os vizinhos, mas eles têm sido bem razoáveis, na verdade temos sorte de não ter ninguém morando no apartamento do lado, mas acho que quando você começar a andar os vizinhos debaixo ficarão bem bravos.

Um poeminha

Por que choras, pequena?

Acaso não entendes

Que não há problema?

Papai está aqui para te proteger

E mamãe nada deixará acontecer

Porque choras, menina?

Ainda és pequenina

Não tens que enfrentar

Os monstros armados

Nem os matadores de sonhos

Por enquanto és toda protegida

Algo ungida

A filha mais querida

Que esse pai

Cheio de amor e amolecer

Pode ter

Amo-te sempre, Papai

Aquele homem tão cheio de silêncios, tão cheio de palavras transferidas por meio de olhares e abraços, agora se transferia em sentimentos e versos para aqueles cadernos. Cadernos cheios de ternura e poesia, de entrega e de amor. Um amor que ele tinha, que ele demonstrava, mas que não conseguia tirar do silêncio. E eu agora, inundada de palavras, amor e carinho, eu reencontrava meu pai. Mas, ao mesmo tempo, o descobria. Um pai cheio de palavras, um pai que se apresentava quase verborrágico, com uma necessidade de expressar o que sentia, o que precisava dizer e não conseguia. Mergulhei naquelas palavras, naquele imenso oceano que eram os cadernos. Não lia, mas bebia cada palavra. Era como se tomasse a cura para uma dor que ainda me consumia, mas da qual eu não tinha consciência. Os textos não tinham uma sequência cronológica. Era claro que meu pai não tinha tempo, ou não conseguia colocar em palavras tudo o que sentia, todos os dias. Mas, quando o fazia, era com força, com intensidade, com a eloquência que eu sempre soube e via que ele tinha, ao falar de qualquer assunto, ao advogar. Eu precisava respirar um pouco. Estava quente, muito quente. Talvez fosse o whisky, a emoção, ou a mistura dos dois. Posicionei o ventilador para ficar com o vento bem em cima de mim e liguei o ventilador de teto. Meu pai tinha birra dele porque o achava barulhento. A rua em que eu morava fazia mais barulho à noite do que o ventilador, então fiquei ali, tomando um pouco de vento enquanto resfriava meu corpo e meu rosto parava de queimar, de choro e emoção.

O primeiro caderno cobria todo o meu primeiro ano de vida. Dele brotavam vida e sentidos que eu, até então, desconhecia.

Você tem três meses e está super cabeluda. Sua mãe está exausta com sua intensa atividade e avidez em mamar. Por sorte ela tem bastante leite. Você balbucia muitas coisas e não vejo a hora de dizer papai. Sim está muito cedo, mas papai fica ansioso para ouvir essa palavrinha tão mágica. Você já está com o corpinho bem durinho, fica no colo toda reta e como sorri gostoso. Hoje não tem poeminha, só escrevi isso porque estava com saudade de escrever para você.

Meu pai tinha saudades de escrever para mim, mesmo sabendo que eu não entenderia nada. Que tipo de homem era esse? Um homem pura emoção. Talvez tanta emoção que não conseguia colocar para fora. Talvez ele também tivesse um gorila que o sufocasse. Ou talvez sua sensibilidade fosse tão grande que não sabia lidar com ela. Ah, pai, como eu gostaria que estivesse vivo para eu entender melhor tudo isso. Para entender porque o homem dessas páginas não saía dela para o mundo da oralidade, com a filha ávida por abraços. Sim, abraços deliciosos, mas por palavras como as pessoas normais faziam, como os pais normais faziam. Mas quem disse que você era um pai normal? Quando você foi um pai normal? Você era alguém especial, que eu só vim a entender muito tarde e que pelo jeito, achava que conhecia.

Hoje você papai está escrevendo triste para você, um grande sujeito morreu. Ele era um poeta que papai gostava, um cara genial, chamava Vinicius de Moraes, você acabou de fazer quatro meses, está cada vez mais esperta e já dando trabalho. Mas hoje papai está triste e não consegue dizer nada de bom. Papai só quer chorar e beber, não sei em que ordem. É madrugada, você e mamãe dormem, eu choro e bebo, bebo e choro, bobo que sou de não estar dormindo, mas um bobo com sentimentos e a falta de um poeta que eu tinha como amigo, sabia que eu conheci Vinicius, é verdade, talvez ele nem lembrasse de mim, bebemos juntos depois de uma reunião com artistas e ativistas pela liberdade, lembranças, às vezes seu pai é um velho em um corpo ainda jovem. Estou cansado...

9 de julho de 1980, cheio de amor e dor, papai

Seis meses e você já engatinha para lá e para cá com desenvoltura e tenta andar, você é bem abusada para sua idade, mocinha. Por favor, tempo, passe mais devagar. Papai tem viajado a trabalho e perdeu algumas coisas, mas a mãe tirou fotos e revelou para que eu pudesse ver. Savia que você já tem dentes, dentes fortes segundo a dentista. Hoje aconteceram coisas bem difíceis, seu pai descobriu que há muita gente má no mundo, não que ele não soubesse, ainda estamos em uma ditadura e ela é feita por homens maus, mas há tanta coisa ruim, filha, tanta gente ruim, que papai custa acreditar que sejam humanos. Aí quando eu chegou em casa e vejo seu sorriso e ganho seu abraço, eu tenho esperança, sabe? Uma esperança que move seu pai, que sempre moveu seu pai, mesmo nos momentos mais difíceis, quando eu achava que não ia conseguir. Acredite sempre na esperança, filha, ela é a única que não deixa sermos assassinados pelos matadores de sonhos. Eles sempre matam as pessoas, porque não gostam de sonhadores, sonhe sempre, meu amor, seja sempre uma pessoa que acredita no amor e nos sonhos, seu pai, apesar do cansaço de dias pesados, ainda acredita e sempre vai acreditar.

10 de setembro de 1980, com todo amor do mundo, papai

Essa dor, eu conheci. Era a dor que fazia com que ele tomasse uma dose de qualquer coisa. A dor que ficava estampada em seus olhos sempre que chegava do trabalho. Um trabalho que só vim a conhecer muito tarde. Na adolescência me dava raiva, porque tirava aquele homem de mim e o levava para ajudar pessoas que nem conhecia. O fazia falar bem em todos os lugares, mas que o emudecia em casa. Vinicius... meu pai conheceu Vinicius. Tantas histórias. Acho que nem minha mãe se lembra ou sabe de todas.

Sua mãe está cansada. Ainda não temos dinheiro para uma babá e ela voltou a trabalhar, você tem ficado com a vovó, mãe de sua mãe, mas você ainda suga muito da mamãe, eu tenho muita admiração pela sua mãe, ela é uma mulher muito especial, tem um talento único para defender quem precisa, é empática, determinada, dona de si, sempre com a decisão certa. Se não fosse sua mãe, eu já tinha sido levado pela tristeza e pela dor, pela maldade do ser humano. Papai sofre em silêncio porque não gosta de contar as coisas ruins que vê, sua mãe também vê coisas muito ruins, mas ela sabe lidar melhor do que eu com isso.

20 de setembro de 1980, cheio de amor e silêncio, papai

O seu silêncio me dizia muitas coisas, pai. Às vezes, me dava raiva. Mas você sempre achava um jeito de comunicar o que queria. Hoje, eu entendo isso. Me perdoe se antes eu não entendia. E se quando vim a entender, já tínhamos perdido muito tempo. Fico feliz que você tenha admiração pela mamãe. Na verdade, eu sempre soube disso. Porque você nunca escondeu isso de ninguém. Você tinha prazer em ouvi-la falar, e gostava quando ela se colocava, quando expunha as ideias que tinha. Seu olhar dizia Continue, você fala bem e eu amo ouvir você falar. Era esse lugar que a colocava. Não em um pedestal ou em uma redoma. Mas em um púlpito, onde ela podia ser quem ela era, onde ela podia mostrar quem ela era. Eu tenho orgulho de você por isso, papai. Talvez você tenha sido um homem feminista sem nem saber. Talvez você tenha sido o primeiro homem feminista que eu conheci, e eu só vim a descobrir isso agora, nesses seus cadernos, que agora são meus.

Essa caixa do Walter, essa caixa que não deixa dúvidas sobre quem você era. Te reencontrar assim me conforta, me reconforta. É como ganhar seu abraço que eu tanto amava, que tanto me acolheu, que tanto me fez sentir amada, que substituía as palavras e gerava esse sentimento ambíguo de saber que eu era amada, mas de querer ouvir você dizer mais coisas do que o essencial.

Hoje papai está muito triste, é um dia muito triste. Um grande cara morreu, um cara muito especial, na verdade ele não morreu, foi assassinado, a maldade humana me assusta, me incomoda, sabe, filha? Seu pai se tornou advogado, justamente para lutar contra a maldade humana. No Brasil, um pessoal bem ruim tem nos dominado há dezesseis anos, é uma turma do mal, como os vilões que você verá um dia nas histórias, talvez sejam muito piores, provavelmente são muito piores. Esse cara legal pregava a paz, pedia que déssemos chance para a paz, ele cantava e fazia letras lindas. Tinha feito parte de um grupo que papai amava quando era adolescente, chamado Beatles, hoje você ouviu algumas músicas deles na vitrola enquanto papai te pegava no colo e chorava. Este ano foi um ano de grandes perdas para quem acredita nos sonhos e no amor.

Teu coração ainda é puro
e eu me escondo dentro dele
adulto imaturo
frágil em minha idade
fragilidade
hoje eu preciso do teu colo
e do teu abraço
como um laço
que me prende à bondade
e ao amor
BH, 08 de dezembro de 1980

Seu primeiro natal conosco. Estamos felizes, você caminha por todo o apartamento e já arrisca uns pulinhos. Papai canta algumas músicas para você quando te faz dormir. Você gosta de Surfer Girl dos Beach Boys, adormece ouvindo e sorri para mim. Você anda dando trabalho de madrugada, mocinha, acordando e deixando seus pais bem cansados, mas a felicidade de te ver é muito maior que qualquer cansaço. Papai comprou um lindo presente para você. Vamos nos reunir todos na casa de seus avós, vai ser muito especial, será que você vai gostar dos presentes? Será que você vai gostar da gente quando crescer? Papai, às vezes fica inseguro se está sendo um bom pai, se está fazendo as coisas direito.

Meu pai, inseguro. Seu Walter, você nunca foi inseguro na vida. Você era uma estrutura de certezas, sempre pronto para resolver problemas, para salvar situações. Como assim, inseguro? Poucas vezes te vi chorando. Poucas vezes te vi desabar. Ainda assim, você parecia uma fortaleza. Era tão forte que chamei isso, uma época, dos paradoxos do Walter. E agora te vejo assim, nu, completamente nu. Inundado de sentimentos que eu sabia que tinha, mas que nunca foram transformados em verbo. John Lennon, ele gostava muito dos Beatles e lembro de cantarolar para mim *Beautiful Boy* tentando adaptar a letra para uma menina. E lembro de *Surfer Girl*, dançamos juntos quando fiz 15 anos. Minhas amigas tiveram festas gigantes no Minas, no Automóvel Clube. Meus pais, prepararam em casa, fiquei puta no começo, mas foi a festa mais especial que eu poderia ter. Que uma garota poderia ter. Por anos, mantive um porta-retrato coma foto do vestido desse dia. Por anos, namorei a imagem dançando com meu pai ao som da música dos Beach Boys. Engraçado como meu pai tinha as músicas certas para cada momento. Mas as que ele mais amava eram as que ouvia em silêncio, na escuridão do estúdio, tomando algo. Era quando ouvia Tom Waits, John Coltrane, Shirley Bassey, Nina Simone, David Bowie, Lou Reed, Milton, Lô Borges, Toninho Horta... era nesse momento que ele se transportava para algum lugar dentro de si e esquecia todas as dores, todos os sentimentos, ou talvez os deixasse aflorar com toda intensidade. Era um momento só dele, nem mamãe participava. Lá estava, de novo, o paradoxo do Walter.

Uma fome absurda irrompeu dentro de mim, efeito do whisky. O calor estava mais intenso. Era início de tarde. Fui à cozinha. Não me parecia certo comer dentro do estúdio, mas também não me parecia certo tirar aqueles cadernos dali. Era como se a porta fosse um selo instransponível, impedindo que o cálice sagrado saísse daquele lugar, como em *Indiana Jones e a Última Cruzada*. Não os tiraria dali. Nenhum dos cadernos. Mas eu precisava de um respiro. Abri a geladeira. Dona Lilinha, Dona Lilinha, você é maravilhosa! Uma carne maluca, especialidade da família, a mais maravilhosa que já comi, me convidava, de dentro da geladeira a ser saboreada. Toda a família de mamãe fazia, mas só ela conseguia o ponto exato que me deixava com gosto de infância no corpo. Ela sabia que eu não comeria direito enquanto não terminasse aqueles cadernos. Sabedoria que lhe saltava pelos poros. Comi, bebi uma coca para contrabalançar o álcool. Fiquei olhando para aquela cozinha. Quantas e quantas vezes comemos ali. Quantas e quantas vezes amigos e amigas invadiram nossas refeições e se sentaram juntos. Alguns adoravam chegar justamente nessa hora. Nunca vi meus pais de cara feia. Sempre havia mais um prato, sempre havia mais um copo. Sempre havia o convite para voltarem ou para ficarem mais um pouco. Quantas festas fiz naquela casa. Quantas confidências compartilhei naquela cozinha. Não era apenas meu pai que voltava. Toda a minha vida estava bailando pelo ar. trazendo lembranças, pessoas, lugares, momentos. Uma mistura de sentimentos e situações, sem ordem cronológica, sem necessidade de organização. Minha vida sempre tinha sido organizada. Mas agora, ela estava como minhas lembranças e era bom. Pela primeira vez era desafiadora. Era um fim com recomeço. O paradoxo de Rafaela. E eu estava gostando. Sim, sanduíche com carne maluca é maravilhoso. Fui para o quintal um pouco. O calor não convidava a nada. Tive vontade de tirar a roupa, coisa mais sem sentido naquele momento. Fui ao banheiro dos fundos, onde tantas vezes, de porre, tomei uma chuveirada antes de entrar para dormir. Eu e Tetê. Tirei a roupa e entrei embaixo do chuveiro, água gelada, boa, refrescante. Lembrei de meu pai me dando banho. Nos divertíamos. A água sempre lhe causava uma transformação, talvez ele fosse do silêncio, do escuro e da água. Ríamos, fazíamos palhaçadas, eu não compreendia, mas no banho eu recebia ensinamentos, o principal era que o corpo não era um tabu, eu tomava banho com um homem nu, meu pai, aquele homem enorme que preenchia quase metade do box e nunca houve constrangimento, nunca houve problema, um dia passei a tomar banho sozinha e só nos encontrávamos na água quando íamos ao clube, então eu restava aquele pai dos banhos e das brincadeiras. Será que dona Lilinha previu tudo isso? A toalha cheirava a amaciante, recém-lavada, pronta para ser usada. Minha mãe sempre foi cuidadosa, tratava com esmero a casa, mas o banheiro de fora, como chamávamos, não era exatamente carente de cuidados extremos nem de toalhas cheirosas e macias.

Estava mais fresco agora, mesmo que por pouco tempo. Entrei no estúdio. O cabelo molhado ao vento me deu um arrepio, arrepio bom, de frescor em meio ao calor. Coloquei mais gelo no copo e mais whisky. A porta da cozinha, que dava para o quintal, estava aberta, e, agora, além do ventilador, fazia uma corrente de vento que me acolhia como o abraço de meu pai. O primeiro caderno terminava com alguns poemas. Não haviam sido feitos para mim. Falavam de muitos sentimentos que, provavelmente afligiam meu pai naqueles momentos. Havia alguns para minha mãe, marcados com um "e" que, presumi, deveria ser de entregue. Antes de olhar o segundo, tomei um gole. Folheando todos concluí que não poderia esperar algo linear, com todas as etapas da minha vida. Meu pai não me descrevia para mim, ele escrevia para mim.

Você falou papai, sim, com todas as letras! Chorei. Não tenho o que escrever embora queira escrever porque estou feliz e quero estar com você, só para registrar esse momento, essa alegria, gostaria de ter uma fita cassete gravada com essa sua vozinha que tanto irá mudar. Eu e sua mãe imaginamos tanto como seria sua voz e agora começamos a descobrir.

Com amor, papai

Os bichinhos começaram a brincar nos meus olhos novamente. Fui percorrendo as páginas com textos, pequenas lembranças, palavras carinhosas. Alguns escritos aleatórios que deveriam ser anotações rápidas na falta de outro lugar para anotar. Muitos poemas. Poemas que nunca imaginei que meu pai fosse capaz de fazer. Poemas que ele nunca deixou que conhecêssemos. Não sei se ele era um bom poeta. Não tenho capacidade de julgar isso. Adoro ler poemas, mas ali não era um poeta qualquer, era meu pai e os poemas eram meus, feitos para mim, como eu poderia julgar isso? Passeei por mais um caderno, no finalzinho dele...

Um ano da Rafa! Você sobreviveu a nós! Minha filha linda, hoje você faz um ano, um ano que você nos alegra, um ano que nossa vida é mais feliz e completa, um ano que seu pai sorri todos os dias e passou a entender uma frase antiga que fala que filho é um coração batendo fora de nós. Eu te amo, minha filha, te amo com todas as forças que tenho e nunca te deixarei sozinha, quando você cair eu estarei por perto para te levantar, quando você precisar eu estarei por perto, sempre terá meu colo e meu abraço, sempre terá meu amor.

Então cadê você, papai? Eu preciso de você agora. Achei que eu estava forte, resolvida, mas ainda dói, ainda dói muito. Eu quero conversar com você sobre as coisas que você escreveu, quero entender por que preferiu escrever e não dizer tudo isso para mim. Eu preciso de você aqui, papai, agora, falando, falando, falando, como nunca falou. Por que você preferia o silêncio? O que te incomodava tanto nas palavras? Será que algum dia eu vou entender? Será que algum dia eu vou ter alguma resposta? Será que eu me tornei assim por esse seu comportamento? Onde está você, papai? Será que é isso o que sempre sentirei? Essa ausência presente que me traz lembranças, me faz ser eu?

Você é uma menina linda, esperta, inteligente, anda com sua totoca pelo apartamento inteiro. Mamãe e eu pensamos em comprar uma casa, mas ainda vai demorar, não temos dinheiro, é um sonho, você nos faz sonhar o tempo todo. Não tem sido fácil conciliar nosso trabalho com sua criação, os vovós dos dois lados têm ajudado muito, mas o vovô Tomáz, pai do papai anda meio fraquinho, não está conseguindo correr mais atrás de você, a vovó Ercília finge que é forte, mas também está mais fraca, acho que o amor supera a falta de força deles. Todos te amam tanto.

BH, 15 de maio de 1981

Meus avós paternos já demonstravam que o coração falhava embora ninguém soubesse. Morreram pouco mais de um ano depois. Meu pai talvez tivesse percebido, mas naquela época a medicina não era tão avançada e os dois estavam velhinhos, era normal, devem ter pensado. Não me lembro deles, tenho fotos, tenho registros neurais criados por essas fotos, mas busco, cavouco na lembrança e nada, é um trem engraçado isso, embora não tenha lembrança alguma, tenho registros claros dos dois na minha cabeça graças às fotos, hoje haveria vídeos, haveria som, haveria milhares de registros coloridos, vívidos. Se eu tiver um filho ou filha ele só verá o avô a partir desses registros... filho? Nunca pensei em ter filhos. Nunca fui daquelas que sonhava em casar e ter filhos. Como qualquer ser humano quero ser feliz, quero encontrar o amor, filhos talvez sejam consequência disso, não um projeto de vida, que ideia. Deve ser o whisky. Ou é você tramando alguma coisa aí de cima, hein, seu Walter? Padre Élcio adoraria me ver agora, sentiria orgulho. A quase ateia acreditando que o pai está no céu tramando algo com Deus. Nú, como ele ia gostar!

Te ouço chorar
choro de criança
de quem se machucou
chão bobo
que fez minha filha ficar assim
colo bom
que faz minha filha
grudar em mim

Pai ruim que faz sua filha ficar assim, chorando, sentido sua falta, remoendo todas as coisas dentro de mim. Páginas e páginas de declarações de amor, de palavras cheias de ternura, de sentimentos intensos de um pai, não só para sua filha, mas para si mesmo, sim, seu Walter, você também escrevia para si, mas principalmente escrevia porque tinha necessidade de expulsar as palavras de dentro de você, quantas vezes deve ter se sentido sufocado por elas, quantas vezes deve ter tido um gorila esmagando sua glote. Aliás, o gorila foi embora? Talvez ele volte quando eu ler algo mais forte. Esquentou de novo. O whisky, quer saber, estou sozinha, na minha casa. Tiro a roupa, fico apenas de calcinha e sutiã, refresca.

Você está crescendo rápido. Para tempo. Passa mais devagar. Você já corre e saltita pela casa toda, está querendo se comunicar, embora ainda não sejam palavras, mas é tão lindo ver você fazendo isso. Chegar em casa e olhar teu sorriso, ser tocado pelas tuas mãozinhas faz papai acreditar que o mundo pode se to4nar um lugar melhor, faz papai acreditar que, algum dia, as pessoas vão acordar do pesadelo e vão se tornar justas, amigas, solidárias.

Meu pai tinha um sonho, na verdade tinha muitos sonhos. As páginas dos cadernos soltam esses pirilampos que iluminavam a vida dele. Não quero mais a cadeira da escrivaninha, aninho-me na poltrona, ele me abraça como sempre fez, melhor. Quem afinal era meu pai? Aquele que eu amava e que falava pouco, mas acolhia com silêncio e carinhos ou esse, cheio de delicadezas em semântica e sintaxe que nunca ouvi? Quantas faces meu pai tinha? Gostaria de perguntar para minha mãe como ele era no escuro deles, como ele era na cama, o que ele sussurrava, do que riam? Será que seus silêncios eram guardados apenas para mim? Agora tudo é dúvida, a memória que eu julgava ter me trai. Me sinto excluída, perseguida, talvez ele fosse assim só comigo? Você está bêbada, Rafaela? Aquele homem te amava mais do que a vida! Nenhum namorado seu foi tão presente, tão carinhoso, tão cuidadoso, nenhum amigo te acolheu como ele fazia! Você sabe as respostas e fica inventando dúvidas.

Fomos viajar e não levei um caderno para anotar, você se divertiu muito, adorou o mar, a areia, embora reclamasse do sol no rosto, seus olhos de bohemia não suportavam a claridade que brincava de bater na areia e voltar para seu rosto. Mas você se divertiu, riu, brincou, fez amiguinhos. Foram nossas primeiras férias juntos, papai e mamãe descansaram e voltaram felizes, você está queimadinha de sol, bochechas de morango. Amo suas bochechas.

As viagens que me lembro foram depois, nessa eu tinha menos de dois anos, que pena. Vou procurar fotos, mamãe deve tê-las em algum lugar, depois. Agora leitura. Sentir. Reencontrar, rever, por que verbos que indicam fazer novamente começam com -re, deviam começar com -nov, fariam mais sentido, -nov de novamente, novencontrar, nover, que ideia Rafaela, você nunca foi ligada em gramática, mais um gole, a garganta está seca, tomo água, outro gole. Meu pai tinha manias. A parte de dentro das capas dos cadernos têm datas coloridas quando o ano mudava dentro do mesmo caderno ele também punha datas coloridas. Um homem de escuros e cores.

1982 começou triste, filha, Elis Regina morreu. Ela era uma grande cantora, sua mãe amava e fomos em um show dela, há muito tempo. Hoje estamos tristes. Mamãe está chorando ouvindo a música, eu apenas a observo, dei um grande abraço e agora te faço dormir, para deixá-la sentir o que está sentindo. Amar é isso, Rafa, fazer delicadezas, não acredite em quem fala demais para demonstrar que ama, o amor é feito de bolinhas de vidro. Vovô Tomáz não está bem também. Papai está preocupado.

Será que meu pai teorizava sobre suas atitudes? Será que elas eram pensadas e cada silêncio seu tentava me ensinar uma lição?

Dois anos da minha menina que agora fala pelos cotovelos. Você está linda! A ideia da decoração foi sua. As pessoas estranharam uma menina querer uma festa de bombeiro, mas sua mãe e eu amamos, você ama bombeiros, mas por favor, não vire uma, mamãe viveria com o coração na mão e seu pai, bem, não sou muito afeito a militares.

É um bom eufemismo. Meu pai, como qualquer um que tenha vivido os anos de chumbo e não tenha passado alienado por eles, tinha horror a militares, foi obrigado a conviver com eles como advogado, foi obrigado a entendê-los para defender seus companheiros, quase foi preso várias vezes, ele sonhava que o Brasil virasse um Costa Rica e quando tomava umas a mais, cantava Coração Civil como se mandasse todos os militares o limbo.

Vem cá, meu amor, me dá colo? Papai não consegue falar, só chorar. Vovô Tomáz se foi, o coração não aguentou. Papai o amava, muito, porque ele era diferente, não era um pai como os pais que conheci, vovô Tomáz sempre ensinou sobre liberdade para o papai, sempre me incentivou a ser quem eu quisesse ser, era uma pessoa sensível, você iria gostar de conhecê-lo melhor, ainda bem que ele pôde te ver nascer, te pegar no colo. Estou aqui no pequeno escritório de nosso apartamento, chorando, bebendo, escrevendo, vovó também não está bem, sentiu-se muito mal no velório. Por que as pessoas fazem velório? Não quero velório quando morrer, acho tétrico, bizarro, sabe o que eu gostaria? Que as pessoas fossem para um bar e celebrassem a vida, porque viver é delicado, viver é frágil e quando vemos, foi. Não deixe sua vida passar sem sentidos, Rafa, seja você mesma, seja aquilo que você quiser, mas não esqueça que mudar é saudável e preciso, não se engane pensando que suas decisões são para sempre, nada é para sempre, na verdade há coisas especiais que serão para sempre, mas essas são raras, o amor do papai e da mamãe é para sempre, não importa quantos anos você tenha, você sempre será um bebê para quem vou dar colo, para quem vou cantar, para quem vou... olhar com a mesma surpresa e emoção da hora do parto, o mundo pode ser cruel, filha, mas papai sempre estará do seu lado, mesmo quando eu não estiver mais, continuarei do seu lado.

O gorila voltou. Mais um gole. Acho que uma garrafa será pouco para tanto sentir. Ele não quer soltar minha garganta. E vai apertá-la ainda mais.

Vovó Ercília durou exatos dois meses sem vovô Tomáz, agora eles estão juntos no céu, papai está trancado no escritório. Hoje preciso de algo mais forte, nem mesmo todo o seu carinho e o de mamãe conseguem me consolar, não tenho mais lágrimas, estou pesado, minhas costas cabisbaixas, não tenho vontade de nada, sua mãe falou para eu tirar uns dias de folga, relaxar, talvez viajar com vocês, afinal, como ela diz, não vou salvar o país se estiver doente ou morto. A morte é coisa tão estúpida e eu tenho vivido tanto com ela ultimamente, já perdi amigos, parentes, agora meus pais, minhas raízes, quantos lugares comuns a gente escreve sobre a morte, sobre o fim, o luto não tem tempo Rafa, e nunca passa, a dor só se acomoda, só dá uma ajeitada dentro da gente, mas nunca passa, eu aprendi isso há muito tempo quando perdi um amigo morto pela ditadura. Até hoje dói, mas é uma dor diferente, suportável, com vovô e vovó vai demorar mais um pouco, mas sempre serão um vazio que não conseguirei preencher como aquelas revistinhas que você adora colorir, eles serão uma revistinha em que nenhum lápis de cor vai conseguir colorir. Preciso dormir, estou cansado, muito cansado.

Por que essa palavra volta o tempo todo? Luto. A origem da palavra é latina, dor, mágoa, lástima, sim é uma mágoa, mágoa vem de mácula, que significa dor, também, mas que pode ser mancha, os dicionários etimológicos de meu pai sempre fizeram minha alegria. É isso, o luto é uma mancha no nosso sentir, uma mancha que nem mesmo o melhor vanish consegue tirar. E ele não é um momento, não é um espaço de tempo, é um lugar, um lugar que acessamos, que entramos, em que tempo não existe, contra o qual não se pode lutar, luto é estar, verbo transitivo indireto, não uma prisão, é um lugar que você pode entrar e sair, em que muitas vezes é bom estar e outras vezes não. Não me lembro do meu pai de luto, quando meus avós maternos faleceram, minha mãe ficou de luto muito tempo, eu fiquei muito triste, a meu pai restava a incumbência de cuidar, ninguém lhe perguntou se ele estava triste e claro estava, havia convivido com os sogros por muito tempo, mas não lhe era permitido estar triste, havia duas mulheres para cuidar, para dar apoio, ele precisava estar inteiro, talvez daí a necessidade de tantos silêncios, interessante como não me lembro de meu pai por substantivos, mas por verbos, silenciar, escurecer, amar, cuidar... verbos que possuem substantivos derivados deles silêncio, escuro, amor, cuidado... por que estou pensando nisso agora? Por que é importante definir meu pai? Será que todos nós cabemos em definições? Será que somos tão restritos assim, ou somos amplos demais? Meu pai era amplo demais.

Você é uma menina muito inteligente, aprende as coisas fácil e papai adora te ver brincando, tenho tirado muitas fotos de você, um dia você poderá vê-las e lembrar de quem foi, nunca esqueça quem foi, filha, só o que temos é nossa essência, na verdade é ela que nos manterá vivos quando todo o resto tentar nos destruir e o mundo está cheio de gente que quer nos destruir, a essência é a nossa esperança, é o motivo que nos mantém vivos. Não é fácil nadar contra a maré, não é fácil estar sempre na contra mão, seu pai gostaria de seguir o fluxo, viver da maneira mais fácil, mas eu não consigo, a dor do outro me dói, o sofrimento do outro me faz sofrer, foi por isso que me tornei advogado, para lutar contra o opressor, só não sabia que seria tão difícil, filha. Não fique brava com o papai quando te levo para ver as pessoas que necessitam de ajuda, sei que você quer brincar e que muitas vezes isso é chato, mas você precisa saber que as pessoas precisam de quem as ajude, não porque somos superiores, mas porque somos humanos, porque ajudar faz parte da nossa essência, olha ela aí de novo! Faz tempo que papai não escreve um poeminha para você, então lá vai:

Teus olhos descobrem o mundo

e o mundo não é um lugar bonito

é um lugar duro, severo, cinza

teus pés colorem o mundo

fazem pequenas poças de arco-íris

em que pessoas enfiam os pés
para ajudarem a coloris o mundo
teus olhos e teus pés
colorem o mundo
e tornam a vida melhor

Cheio de amor e dor, papai

Agora o Gorila sentou em cima do meu peito. Eu queria dizer tanta coisa, papai, queria falar com você, mais uma vez, não, é mentira, queria falar com você eternamente. Ter aquela que conversa que nunca tivemos. Falar como dois camaradas, não como pai e filha, não como conselheiro e aprendiz. Conversar como você devia conversar com seus companheiros de vida, como conversava com o tio Eduardo, o Jão. Será que existia outros Jãos? Um grupo de companheiros Jãos que se comunicavam por código? Uma confraria de Jãos, bem socialista, em que todos tinha a mesma importância, o mesmo sentido, o mesmo senso de justiça e a mesma luta? Tio Eduardo te chamava de Jão. Mas não me lembro se mais alguém te chamava assim. Você e tio Eduardo sempre tiveram uma ligação inexplicável. Nunca te vi assim com mais ninguém, nem com seus irmãos de sangue. O que os ligava era algo indefinível. Será que ele conhecia as suas dores? Será que minha mãe conhecia as suas dores? Sim, ela sim. Você e ela tinham uma ligação que não era apenas amor. Amor, por si só, não sustentaria o que vocês tinham. Era algo maior, mais especial, algo que nenhum adjetivo conseguiria qualificar. Dessas coisas que pessoas matariam para ter, e vocês não faziam força alguma porque vocês não tinham, vocês eram. E foi você que me ensinou que ser sempre foi muito melhor que ter. O que será que eu sou? Quem será que eu sou? Como será que os outros me veem? Quem eu sou para amigos, para a família, para ex-namorados, para clientes? Quem é a Rafaela? Será que você sabia quem você era? Será que você sabia que todos te adoravam? Você nunca se beneficiou disso. Você na verdade não gostava. Preferia não ser notado, não ser visto, não ser foco. Preferia não ser. Estranho para quem dizia que o mais importante era ser. Acho que você era não sendo, e não sendo, era. Acho também que preciso de água. Mais água. Cortar um pouco o fluxo alcoólico. Mas estou tão bem aqui, tão aninhadinha em você. Você tem um abraço tão gostoso, tão bom. Tomo um gole de água. Me ajeito mais, entregue aos braços da poltrona. Aos seus braços. Novo caderno. Você foi deixando de colocar datas, então sigo as migalhas de pão nas folhas, para compreender em que tempo estamos.

Oi, meu amor, você cresce rápido e seu pai não consegue acompanhar tanta evolução, você ainda é um bebê na minha mente, você ainda é aquele bebê lindo que peguei no colo sem jeito, que chorava de cólica e sorria quando eu fazia careta. Agora você é uma menina que anda pela casa e sorri, que é curiosa e inteligente, que me abraça e me faz chorar de alegria, que quer conversar sobre tudo, mesmo quando seu pai quer conversar sobre nada, que adora ficar brincando de esconde-esconde. Você cresce, cresce rápido e seu pai morre de medo desse crescimento, peço ao tempo que vá mais devagar, mas sei que ele não vai parar, o tempo passa, queiramos ou não, gostemos ou não, o tempo passa e vivemos correndo atrás dele. Ontem fomos ao clube e você se mostrou uma peixinha. Agora você está dormindo e seu pai te olhando e sonhando como será quando você for adulta, será que você vai cuidar de mim, da sua mãe? Espero que não precise, pois queremos ser dois velhinhos bem agitados e arteiros, como você é agora.

Fizemos uma linda festa para você, 4 anos e está cada vez mais esperta, falante. Eu e sua mãe estamos programando comprar uma casa, temos juntado dinheiro para você ter espaço, quem sabe até um irmãozinho ou irmãzinha. Será que você gostaria? Claro que gostaria, você adora brincar com outras crianças, é comunicativa, alegre, inteligente, aprende fácil, puxou a sua mãe e não ao teimoso do seu pai. Quais serão os seus caminhos? O que você escolherá viver? Que aventuras estão te esperando? Você adora aventuras, mas o apartamento é um espaço muito pequeno para uma criança cheia de energia e alegria. Você brinca muito com sua prima Teté, embora também vivam brigando, gosto de pensar que vocês duas serão grandes amigas e se ajudarão quando forem adultas. Hoje foi um dia alegre, seu pai está meio bêbado e filosófico, você dorme apagada, sua mãe terminou de arrumar umas coisas e também dorme, eu vou lavar a louça daqui a pouco, por enquanto escrevo. Quando você estiver lendo este caderno saberá o que é ficar bêbado e saberá que, às vezes, temos essa necessidade maluca de fugir do mundo através de muitas coisas e espero que você perdoe o seu pai pelas vezes que ele fugiu de tudo, inclusive de você, mas hoje não é dia de falar disso, hoje é dia de te fazer um poeminha de aniversário.

Teu aniversário, linda menina
Teu aniversário, menina minha
Menininha que cresce
Cresça devagar, por favor,
Nunca deixes de ser flor
E se for
Que seja para virar
Um pássaro a voar
A realizar
Seus sonhos
Transformando os pesadelos
De teu pai
Em jardins infinitos
Onde outras flores
Nascerão...

Pai, papai... enxugo o que resta de água em meu corpo e que insiste em sair pelos meus olhos, cristaizinhos de algo que não sei definir. Olho suas palavras, releio, quanto falta para acabar? Muito, muito, é o que espero, não quero te deixar, não quero que você me deixe, estou aqui, em teus braços, como quando era pequena, como quando era grande, como sempre fiz e você continua em silêncio, como sempre fez, mas agora você está tão falante, como nunca foi, você fala e fala coisas lindas, você é poeta e eu sou uma repetitiva tagarela que não quer deixar o tempo passar, por que o tempo passa, papai? Por que ele não pode guardar tudo e todos que amamos? Eu gostaria tanto de voltar e ser quem eu nunca fui, queria poder ser eu mesma aos 12, 13 anos, mas com a cabeça de hoje, teria poupado tantos gritos, tantas birras...

Hoje eu gritei com você e estou mal comigo mesmo. Odeio quando isso acontece, mas os adultos são bobos, são uns tolos que descontam nas crianças, nos fracos, naqueles que ama, suas frustrações. Eu te pedi desculpas, mas você chorando, soluçando, me cortou o coração. Papai trabalha demais, mamãe trabalha demais e só queremos que você seja uma boa pessoa, que faça o bem e que cresça sabendo que nada é fácil, que é preciso compartilhar tudo, que é preciso dividir, que é preciso amar acima de todas as coisas. Quero que você seja uma pessoa que faça desse mundo um lugar melhor, que seja uma transformadora. Estamos lutando por eleições diretas, filha, você não sabe o que é isso, mas é a esperança que renasce, é a fé que temos que podemos consertar as coisas, mesmo a pior democracia é melhor, muito melhor que qualquer tipo de ditadura, que qualquer tipo de regime opressor, mas não há democracias perfeitas, porque não há seres humanos perfeitos, mas há aqueles que lutam a vida toda por um mundo melhor e esses são essenciais, espero que você seja um desses, que faça da vida das pessoas algo mais suportável, seu pai viu muitas coisas ruins e agora começa a acreditar que haverá chance de sairmos desses tempos horrorosos de uma maneira digna, de uma maneira justa, que resgatemos nossos sonhos, que resgatemos nossas esperanças, que todos os envolvidos com essa ditadura sejam punidos, que paguem por tantos crimes cometidos. Hoje não haverá poeminha, a poesia anda perdendo espaço para os dias ruins. Só peço que me perdoe, meu amor.

Lembro de meu pai nervoso, mas não lembro de ele de gritar comigo quando eu era criança. Mesmo quando discutíamos na adolescência, embora falasse mais alto, eu não poderia chamar de grito. Não chegava nem perto dos meus. Menina idiota. Outro dia, li no Instagram uma enquete: do que você diria para o seu eu na adolescência. Eu diria perdoe seu pai, aproveite, aproveite muito porque você não sabe quando ele não vai estar mais, ouça o que ele tem a dizer, compreenda as preocupações, não ralhe com ele, pergunte se ele quer deitar no seu colo para chorar as dores da vida. Pergunte sobre o que ele quer falar. Não fique tagarelando feito louca, contando coisas sem importância, reclamando de coisas idem, remoendo birras e brigas anteriores. Seu pai te ama, ama muito. Perdoe-o pelos muitos e intermináveis silêncios. Aprecie os abraços. Aprecie os beijos e as brincadeiras. Aprecie nadar com ele. E, preste atenção na voz dele. Pois você sentirá muita falta dela. Você irá querer fazer um pacto com Mephisto, entenderá doutor Fausto completamente, só para poder ouvir mais uma vez aquela voz rouca, grave, que aliviava seu coração, que mesmo quando você estava fazendo birra gostava de ouvir. Agora você não a tem. Não tem mais o som. Só a lembrança. Por que ao invés de cadernos escritos você não deixou áudios? Porque você sempre foi um homem de silêncios. Agora, para mim, de silêncios e de escritas.

Se perdoe filha, sempre se perdoe, papai não se perdoa, nunca, e sofre com isso. Não sei me perdoar, mas perdoo a todos, até aqueles que me tiraram amigos, até aqueles que mostraram o auge da imbecilidade humana. Eu os perdoo, mas os quero presos. Infelizmente não teremos eleições diretas, infelizmente ainda teremos que aguentar essa aberração que é um colégio eleitoral. Espero que você se interesse por política, ao contrário do que dizem, política é importante, vem de politeia, um termo grege, papai estudou na faculdade, politeia era o cuidado com a pólis, que é a cidade, mas prefiro pensar que pólis é o povo, aqueles que devem ser cuidados, mas a ditadura não cuida de ninguém, o fascismo não cuida de ninguém, é gente que só sabe odiar, que só que o mal, que gosta de ser mau, que tem prazer em torturar, em matar, em destruir, lute contra eles, filha, lute sempre contra eles.

Eu luto, papai, e você também lutou até o fim da vida. Lembro quando aquele ser abominável ganhou a eleição, o quanto você sofreu, você dizendo enquanto tomávamos cerveja em um dia de calor de fim de ano, que esperava que sobrevivêssemos aos próximos quatro anos. Muitos não sobrevieram, papai, e lembro como você sofreu por todos eles. Lembro de você chorando ao telefone comigo quando o Paulo Gustavo morreu. Você gostava dele e ria muito com os programas dele. Eu gostava de te ouvir rindo, você ria com o corpo, com os olhos. Sempre gostei de te ver rindo. Não faço ideia do quanto foi difícil para você ter vivido esse governo sórdido do qual nos livramos, de ter visto tantos amigos morrerem por causa da pandemia, pela incompetência e inoperância de quem não liga para o povo, você dizia. Eu agradeço termos conversado tanto naquela época, nas chamadas de vídeo que fizemos, de ter tomado vinho com você e com mamãe na Páscoa, mesmo estando cada um em sua casa. Nesse momento, você abençoou a tecnologia, com quem nem sempre se dava bem, nú, como você praguejava quando o celular dava problema ou quando o computador resolvia ter chilique, mais ainda quando a TV por assinatura resolvia sair do ar nos dias de chuva, principalmente quando estava vendo um filme ou um jogo. Que falta disso tudo papai, queria tanto você aqui para tirar o gorila de cima de mim, para o jogar longe e me colocar de cavalinho, e sair olhando por todos os cantos vendo se ele tinha fugido. Mas você não está aqui, e ele continua esmagando meu peito e apertando minha garganta.

Oi filha, hoje papai resolveu te escrever algo porque você tem feito coisas tão lindas e tem crescido tão rápido, já tenho saudade de você bebê porque você hoje é uma menininha que já faz para casa e alcança em várias coisas, não precisa de mim ou de mamãe para fazer quase tudo e está ficando cada vez mais esperta. Coisa linda ver você crescer, mas é assustador também. Ainda me lembro de quando eu e sua mãe ficávamos imaginando que voz você teria e, agora, ouvimos você falar, às vezes sem parar, tem dias que eu peço para você ficar quieta, só um pouquinho, mas você não consegue. Agora deu de cantar, eu finjo que não gosto, mas adoro ouvir você acompanhando as músicas do rádio ou do toca-fitas no carro.

Comprei um K7 do Sítio do Pica-Pau Amarelo que você ama. Gosto que você goste de músicas boas e ouça, assim quando crescer vai escolher as que quiser ouvir, mas vai partir de uma base boa. Você tem vários livrinhos, gosta de lê-los várias vezes, mamãe lê para você, mas você pede para eu ler de novo e assim vai num eterno para sempre. Não gosto de comprar brinquedos para você, mas amo comprar livros.

E eu os amo ler, papai, sempre amei. Eu ainda tenho vários de quando era criança, não tive coragem de dá-los, não tive coragem de me desfazer, principalmente dos do Monteiro Lobato. Lembro de você ter me dado vários do Ziraldo, que tenho até hoje, outros acabei comprando em novas edições. Desfazer das fitas K7 foi um momento engraçado. Você só se desfazia de uma quando comprava o CD ou o LP. Do toca-discos, você nunca se desfez. Sim, papai, eu parti de uma boa base, o que não impediu de você torcer o nariz para quando eu escutava Guns n'Roses ou Nirvana, mas você adorava ouvir Bruce Springsteen comigo. Desculpe nunca conseguir ficar quieta. Eu gostava e gosto de falar, e sei que não respeitava o seu silêncio. Que pena só o ter entendido tanto tempo depois. Desculpe por não o ter respeitado, daria um braço para ter o seu silêncio, vivo, aqui comigo, envolvida pelo escuro e sentindo sua respiração. Resolvo colocar um disco do Tom Waits para acompanhar. É fácil achar na sua meticulosa organização, tudo em ordem alfabética, por gênero. Ah, papai, como eu queria ter essa organização. Será que minha vida é assim também? Sempre quis ser organizada, mas isso é tão difícil, agora penso em minha vida, agora penso em você. Tenho tantos pensamentos, tantos sentimentos. Será que vai ser assim sempre que doer? Vou questionar minha vida, meus atos. Você será essa sombra em minhas ações? Ou será que vai passar? "Um dia vai passar" sempre dizia você, mamãe repete isso, mas acho que algumas coisas nunca passam. Não acredito nessa história de que o tempo cura tudo. O tempo não cura nada. Ainda sinto as dores dos términos de namoro, ainda sinto falta do Boris, ainda sinto as batidas de porta que dei quando você não me deixou ir em algum lugar que queria, ainda sinto tanto sua falta. Será que um dia vai passar, papai? Papai?

Não gosto de prometer que sempre estarei com você, filha, porque isso não é verdade. Um dia eu partirei, um dia sua mãe partirá, mas espero que demore muito e muito, quero ficar bastante tempo, te ver crescer, se tornar mulher, ser quem você quiser ser. Um poeminha

Seja sempre você

nunca permita não ser você

não deixe que roubem sua alma

que tirem você de você

porque este é o bem mais precioso

que os matadores de sonho querem

e se querem é porque vale muito

sinta, sinta sempre o vento

e se deixe levar por ele

assim você irá

para o lugar que te merecerá

e será para sempre de quem mais te merece

você.

O tempo está passando rápido, Rafinha, você está sempre fazendo coisas novas e cada vez que preciso viajar meu coração fica pequenino porque tenho que ficar longe de você, já é difícil demais ficar longe de sua mãe, agora o sentimento dobrou. Você adora viajar e adora ir em viagens conosco. É bom te ver sorrir, é bom ver sua alegria ao entrar em um avião e ver as nuvens. Papai anda mais feliz e parece que caminhamos para um país melhor. Chegar em casa e ganhar o teu abraço é das coisas mais gostosas de minha vida, quando vou te buscar na escola é sempre uma alegria. Sua mãe diz que estou te engordando comprando coxinhas, mas você gosta tanto. Hoje foi um dia gostoso que encerra uma semana mais leve.

Por que você deixou de colocar datas, papai? Eu gostaria de saber de quando você está falando. Ainda acredito que, nestes textos, eu tenha 4 anos. Não faltam muitos cadernos, donde concluo que você deve ter pulado muitas datas e anos ou parado de escrever um pouco mais à frente. Mas essa sua mania de não colocar datas vai me irritando. Tom Waits canta *Time*, era um disco que você adorava, *Rain Dogs*. Por que tempo passou, papai? Por que eu não percebi que ele estava passando? Baboseira essa coisa de que vamos vendo o tempo passar. Ontem eu era uma menininha, em braços que me faziam sentir em um navio, e hoje estou aqui, me espremendo na poltrona para me sentir aninhada. Não vemos o tempo passar, e, hoje, isso me dá raiva. Porque, se eu visse o passar do tempo, eu tinha aproveitado mais você, mais a mamãe. Prometo que vou aproveitar muito o tempo que ainda tenho com a mamãe, vou inventar viagens para fazermos, vou inventar saídas, passeios, jantares. Eu prometo, papai.

Poeminha

Para baixo
cada vez mais para baixo
é assim que sinto que vou
de repente você entra sorrindo
e tudo começa a fluir
seu sorriso lindo
sua cara sapeca
seu jeito de ser e viver
vão enchendo o coração de seu pai
de uma canção
que envolve minha alma
e me acalma
em uma canção de ninar ao contrário

Você gostava de cores também. Esse caderno começa com a data feita com lápis de cor. Ficou lindo. 1985, o ano da esperança, você colocou.

Acabamos de festejar o final de 1984, filha, em breve você faz cinco anos e sairemos deste tempo horrível. A promessa de termos um presidente civil nos enche de esperança, embora a gente não vá votar nele, é uma marca simbólica do final desses famigerados anos. Papai está feliz e esperançoso. Este ano vamos começar a olhar uma casa, mamãe já aceitou. O cachorro ainda vai demorar um pouquinho. Não sei se a casa também vai demorar, queremos achar um lugar especial para vivermos o resto da vida, sua mãe disse que precisamos de um lugar que nos vejamos velhos e que permita que dois velhos vivam bem. Gosto de pensar em nós dois envelhecendo e te vendo crescer. Este ano você começa a fazer umas outras atividades. Está na hora de aprender a nadar, um dia vamos nadar juntos, a água tem um poder mágico e curativo. Compramos muitos livros novo para você e seus tios deram muitos brinquedos. Fui convencido a te dar um também, oras bolas, era natal. Aí não sei o que comprar e acabo exagerando. Sua mãe se diverte. Comprei uma casa de bonecas enorme, que custou os olhos da cara, mas valeu cada centavo ao ver seu sorriso. Você sorri de um jeito tão lindo e que papai ama. Esse ano pretendo escrever um pouco mais, às vezes não dá tempo, papai pula datas, pula tempos, mas prometi te deixar escritos não um diário minucioso. Quando você tiver esses cadernos entre as mãos vai olhar para seu pai, esse é o melhor presente que posso te deixar, ah, bolas, cá estou eu chorando de novo.

Não faz isso, papai. Não me faz chorar de novo. Preciso de água, não sei se é o whisky ou o tanto que chorei, mas preciso de água. Na geladeirinha você sempre tem, geladeirinha é o jeito que você chamava o frigobar. Você odiava este nome, preferia o jeito brasileiro, você sempre preferia o jeito brasileiro. Eu sei que não dá tempo, papai. Hoje eu sei. Você era uma pessoa ocupada, mamãe também era, mas, de algum jeito, vocês conseguiam se intercalar e eu sempre tinha os dois. Por isso, sempre me senti especial, mesmo quando ficava brava, mesmo quando fazia birra, eu sempre me senti amada e especial.

Cinco anos

você flutua

e sorri

mostra a mãozinha cheia

e se pergunta quanto tempo falta para fazer seis

não tenha pressa

pois quando o tempo passar

vai querer ser criança outra vez

não cresça menininha

aproveite

e se deleite

com a vida que começa a sorrir

e com a qual você vai adorar

brincar

Você faz cinco anos, filha linda e seu pai e sua mãe estão muito felizes, a festa foi de arromba, viu? E como você se divertiu, com todos os amigos e primos por perto, com muito doce e cachorro-quente, até o refrigerante foi liberado. Você é feliz e papai é feliz por isso.

Eu lembro dessa festa. Lembro que queria dançar o dia inteiro. Meus pais estavam cansados, e eu pulava pela sala junto com a Teté. Foi a primeira que tive numa casa de festas. Acho que a situação financeira já corria bem nessa época. Eu tinha muitos amigos de escola, quase nenhum no prédio onde morávamos. Na época, minha única prima era a Teté. Deve ter sido difícil aguentar duas meninas fazendo bagunça na sala de um apartamento, porque a Teté ia dormir em casa.

Dia muito triste para o Brasil. Perdemos um homem comprometido com o país e com a Democracia. Ele partiu em um dia simbólico, 21 de abril. Dizem que o mantiveram vegetativo para sua morte ser anunciada nesse dia, nunca saberemos. Espero que o vice que vai assumir mantenha o compromisso com a democracia e com o povo brasileiro. Também espero que os militares não se assanhem e tentem dar um novo golpe. Que pai chato eu sou, escrevendo sobre política em um caderno que era para deixar registros para você se lembrar de coisas de sua infância. Mas é que papai está preocupado, sua mãe está preocupada, enfim, espero que tudo isso passe, sempre passa. E nós sobrevivemos.

Sim, papai, vocês sobreviveram, e como sobreviveram! Eu tenho orgulho de tudo o que vocês fizeram. Tenho muito orgulho de vocês, muito orgulho de ser quem sou por causa do que aprendi com vocês. O tempo passou, e eu cresci. Maldito tempo. Mas, ao mesmo tempo, tão lindo. Ah, Renato, você sabia de tudo: "o tempo é um dos deuses mais lindos". Mas, como todo deus, é cruel. Passou, eu cresci, e meu pai se foi. Que merda!

Hoje sua mãe vai trabalhar até tarde, está envolvida em um caso bem complicado, eu estou aqui, numa noite só nossa. Minha rotina foi toda invertida, fui te buscar na escola, compramos pizza, tomamos banho, fizemos o para casa, você está sabendo todas as letras já, você comeu sua pizza enquanto papai tomava whisky. Você me perguntou por que eu gostava de tomar aquilo que você não sabe o nome. Pensei em te dizer que era remédio, mas fiquei preocupado de você pegar para beber para experimentar o remédio. Te respondi algo vago, como porque adulto gosta, você sempre me deixando sem palavras, mas a verdade, filha, é que é um remédio mesmo, papai vê muita coisa ruim, convive com muita coisa ruim, as injustiças doem no coração do papai, é muito difícil ver as coisas que estão acontecendo, as pessoas sofrendo, então papai precisa dessa dose ou dessas doses seja de whisky ou de vodca que papai gosta de tomar com água tônica, para recuperar sua alma, para resgatar o coração dessa enorme areia movediça que me traga todos os dias, é um jeito de me curar, um dia você vai entender tudo isso e espero que entenda também as coisas que não sei explicar.

Sim, papai, eu entendo, hoje eu entendo. Na época, eu só sabia que te deixava feliz, e eu gostava de te ver feliz. Depois, fui entendendo que aquilo era um ritual de volta. Você se resgatava do dia horrível, das coisas ruins, das tristezas. Sim, eu te entendo, papai, e te agradeço por entender e perdoar meus porres de adolescência e juventude. Porque eu tentava curar minhas dores, e você sabia. Embora nunca dissesse nada, você sabia e respeitava, nunca era você a dar bronca, porque você sabia o quando a vida pode ser cruel, o quanto ela pode doer, machucar lá no fundo da alma. Mamãe também sabia, mas ela tinha outros jeitos de ensinar, outros métodos. Na verdade, vocês se completavam. As suas broncas eram por outras coisas, quando eu bancava a riquinha, como você dizia, quando eu me punha em risco desnecessário, quando eu agia como uma idiota. Lembro a primeira vez que bebemos juntos. Eu fiquei feliz e nervosa, você não fez nenhum discurso especial, mas seu olhar dizia muito, e eu entendi cada palavra. Nós sempre nos entendemos, papai, sempre nos entendemos.

Você brinca na sala

seu pai está ocupado

você quer mostrar algo

ocupado

mas o coração não pode se ocupar

de outra coisa quando o amor chama

você fez um desenho

e nele escreveu sem pudor

para o papai

com amor

E você guardou porque é um dos tantos quadrinhos que tem na sua estante. As páginas, os dias, os meses vão passando. Só mais dois cadernos. Devo parar? Não devo parar? Não quero parar. Estou com você, e é o que me importa.

O ano de 1987 está sendo lindo, filha, compramos a casa! Faz tempo que não escrevo, mas preciso escrever, preciso dizer a você, vamos ter uma casa e ela é linda, também vamos ter um cão, eu prometo. Sua mãe está tão feliz. Você é uma menina linda e inteligente que vai muito bem na escola, é meio brigona e já entrou em algumas confusões defendendo colegas. Sua mãe brigou comigo por causa disso, diz que foram ensinamentos meus, quando perguntei você disse que foi para defender uma colega que tinha sido insultada, sim você aprendeu insultada em um livro e achou linda a palavra, sua mãe explicou o que significava e você passou a usá-la com frequência. Então você disse que um menino insultou sua amiga e você bateu nele. Isso valeu uma longa conversa com a coordenação da escola e outra bem mais longa com sua mãe. Mas está tudo bem. Bater é errado, em qualquer situação, isso não quer dizer que papai não tenha orgulho de você, tirando a violência você defendeu alguém de uma injustiça e isso faz de você uma pessoa muito boa!

Eu me lembro disso. A Mariana é minha amiga até hoje. Ela é pediatra. O Charles a chamou de "neguinha do cabelo duro" só porque ela havia ido com aquele cabelo lindo, armado, com uma faixa amarela. Eu estava fascinada por aquele cabelo, queria mesmo ter um cabelo assim. O meu era liso e sem graça. Eu ouvi quando ele gritou para ela, uns outros meninos riram, eu parti para cima dele e dei uns bons socos. O seu Alfredo, o bedel, viu tudo e nos levou para a diretoria. O Charles levou uma bronca e uma advertência. O meu caso era mais sério. Como a filha de dois juristas tão importantes pode fazer uma coisa dessas? Como a filha do DOUTOR WALTER pode fazer uma coisa dessas? Eu odiava quando diziam isso. Primeiro, que era machista. Minha mãe era promotora, uma baita defensora das mulheres, e ninguém dizia que a filha da DOUTORA AMÁLIA tinha feito tal coisa. Depois, porque eu passei a odiar o fato de meu pai ser conhecido, ser quase uma unanimidade. Eu o queria só para mim, naquela época, não queria dividi-lo com outras pessoas. e eu sempre tinha que dividi-lo. Passei a odiar o DOUTOR WALTER, embora amasse o Walter pai, que nadava e brincava comigo enquanto ficava em silêncio. Como alguém pode ser divertido e ser silencioso? Meu pai conseguia.

Chegou. O Boris chegou. Finalmente convencemos a mamãe e você prometeu cuidar dele. É um grande dia! É um boxer esperto e brincalhão, vai dar muito trabalho, mas será um bom amigo e você está feliz. Você me deu um beijo e disse que era o dia mais feliz de sua vida. Temos uma casa, temos nossa família e temos um cão. O que podemos querer mais?

Nada, papai, eu não queria mais nada, mesmo quando dizia que queria, ainda hoje não quero mais nada. O que há de melhor que tudo isso que você escreveu?

Momento político-filosófico-histórico-sentimental. Temos uma nova constituição. O tempo passa rápido, não estou conseguindo escrever tanto aqui, tenho deixado bilhetinhos para você no seu travesseiro, nos seus cadernos, você está crescendo e está ficando cada vez mais bonita. É uma menina inteligente e até que os problemas na escola diminuíram. Eu sempre quero escrever mais, mas o trabalho nunca para de pedir minha atenção e quando vejo o tempo passou e não escrevi, você me perdoa, filha?

Eu amava esses bilhetinhos, mas eles eram tão cheios de silêncio quanto as suas falas. Frases curtas e cheias de carinho, mas ainda assim curtas demais, e eu queria cada vez mais, eu precisava cada vez mais. Lembro que as nossas viagens eram gostosas. Você sempre estava mais leve, lembro quando fomos para Cuba. Você saiu correndo em uma praça e ficou esperando que eu corresse, então eu corri e pulei no seu colo, mamãe olhando de longe, com aqueles olhos que diziam eu amo vocês. Como não perdoar um pai que deixa tantos cadernos com memórias lindas e poeminhas cheios de carinho? Como não te amar, papai? Acho que nunca poderei pedir perdão pelos meus erros, mas eu tenho procurado aprender com eles, nunca poderei dizer que as batidas de porta eram um jeito de eu expressar o que não conseguia, porque não conseguia dizer eu te amo, mas estou chateada com você. Por que o tempo não volta, papai?

Você cresce rápido. Eu te olho e te observo. Você está sendo muito elogiada na escola e o que acham que é crítica eu acho que é elogio também porque dizem que você é muito crítica e questionadora. Você foi educada para ser assim. Cada coisa que você aprendeu em casa foi para ser assim e é desse jeito que quero que você seja sempre. Gosto de te ver brincando com o Boris, gosto que você ainda seja uma moleca e não uma miniatura de adulto. Outro dia você me perguntou sobre namorar, confesso que gelei, nessas horas sua mãe sempre me salva, você disse que algumas meninas estavam falando que você devia namorar com um outro menino, aí você respondeu que gostava de brincar. Fiquei feliz. Você tem vários amigos e amigas na rua. Gosto de te ver brincando na rua, me faz lembrar que a pureza ainda é possível. Seu pai está prestes a fazer 40 anos e você dez, sua mãe está com uma ideia de fazer uma festa só, mas acho que você está meio chateada com isso. Acho que seria uma boa ideia fazer algo diferente, talvez irmos ao parque Guanabara.

Eu odiei a ideia de minha mãe, e fiz tanta birra, que não fomos somente ao parque Guanabara como ganhei uma festa só minha. Embora lembre mais da festa dos 40 anos de meu pai, lembro de todas as festas cheias, dos 50, dos 60 e dos 70, tão perto e tão dolorida hoje. Meu pai sempre gostou de festas em datas cheias. Também me lembro das festas da minha mãe, embora ela gostasse menos de festas do que ele. Ela preferia ir viajar, mas ele fazia questão. A festa de 70 anos de minha mãe também foi a última deles juntos. Não fizemos no quintal de casa, como sempre fazíamos. Ele fez às escondidas em uma casa de festas famosa de Beagá. Minha mãe chorou uma boa meia hora e olhava com aquele olhar de "eu te amo" que só ela sabe ter. Eles quiseram fazer minha festa de 40 anos, mas não deixei. Ainda assim foi muito legal, fechei um barzinho e meu pai e minha mãe tomaram um porre duplo de alegria e amor. Dançaram, falaram com todo mundo. Engraçado perceber como meu pai foi ficando falante com a velhice e, foi emudecendo nos escritos para mim.

Doze anos, filha, que idade linda, linda como você é. Você traz muito orgulho para mim e para sua mãe. Papai anda sem palavras porque fica pensando em tudo o que quer lhe falar, mas não sai nada, então olho e espero que meu olhar diga tudo que é preciso.

Seu olhar sempre me disse tudo, papai, ele nunca me escondeu nada. Mas as palavras fizeram falta, devo confessar, mas hoje elas estão todas aqui e fico feliz por elas estarem aqui. Fico feliz em saber que você tinha consciência de que não dizia, mas que queria dizer e então escrevia. Adorei ler seus poeminhas para mim, adorei saber que você era você e não o DOUTOR WALTER, que era cheio de medos e de sensibilidades, que era um homem comum, um homem que viveu intensamente tudo e que lutou. Lutou profundamente por tudo e todos que amou, ah que droga, estou ficando sentimentaloide. Daqui a pouco vou escrever um poema dizendo esse whisky, essas palavras, esse calor, deixam a gente comovida como o diabo. Sou péssima com palavras, sempre fui péssima com palavras, embora, sempre tenha falado demais e você era ótimo com palavras justamente por falar de menos.

Você cresce e me faz sentir velho

não, não é sua culpa

esse sentimento é meu

talvez eu devesse ver ao contrário

num delírio onírico

num desvario

eu me torno cada vez mais jovem

quando te vejo

jovem como teu olhar

que descobre a vida

e se oferece ao infinito

como uma Ismália

ao luar

Quantos anos eu tinha quando você me leu Ismália pela primeira vez? Você amava esse poema. Você amava Alphonsus de Guimarães. Acho que, no fundo, você sempre foi um romântico, papai. Agora estou aqui, diante de você, desnudado. Os escritos foram escasseando, mas sempre há alguma coisa nos cadernos. Há também anotações estranhas, provavelmente coisas que você lembrava ou anotava e foram ficando. Adoro ver sua letra, mesmo que em escritos rápidos.

Hoje você me pediu ajuda em um para casa. Fazia tempo que você não pedia. Talvez desde os 7 anos, não sei. Sempre gostei de te ajudar fazendo o dever, sempre gostei de ver sua evolução, você sempre foi muito inteligente, você sempre foi muito esperta. Mas este dever era realmente importante para você. Você ama disciplinas de humanas e seu professor de português pediu para você escrever um texto sobre a injustiça, vocês estão lendo Dom Quixote, uma adaptação. Gosto de seu professor porque não foi por um caminho fácil. Falar sobre as injustiças atuais a partir do clássico de Cervantes é muito bom. Você me pediu para falar sobre as injustiças em relação às pessoas que não têm direito à terra. Me fez uma longa entrevista e eu adorei. Não é fácil conviver com tanta injustiça, filha e eu convivo há muito tempo. Hoje o inimigo é outro ou talvez seja o mesmo: o capital. Ele se utiliza de diversos recursos diferentes, em diferentes épocas, mas o seu objetivo é sempre o mesmo, manter as desigualdades para se manter no poder. Lutar contra isso é sempre muito cansativo e difícil. Às vezes penso em desistir, mas sua mãe não me deixa, ela sempre me incentiva, sempre diz o quanto faço a diferença e o quanto as pessoas precisam de mim e vou seguindo. Você ouviu tudo atenta, anotou tudo direitinho, tenho orgulho de você e te amo muito, filha, sempre.

Eu me lembro desse texto. Devo tê-lo guardado em alguma pasta, nú, foi bom demais quando o professor me elogiou na frente de todos. O professor Sérgio era especial. Ele colocava umas frases no quadro, eram frases de inspiração, sempre de autores ou compositores que nos faziam pensar. Ele não dava nome nenhum, mas as chamávamos de "pérola do dia". Foi aí que conheci Clarice Lispector, Raquel de Queiróz, Hilda Hilst, Lygia Fagundes Telles, Eduardo Galeano, Júlio Cortázar, Agostinho Neto, outros tantos você me apresentou. Foi então que Dom Quixote entrou na minha vida para não sair mais, até hoje é meu livro preferido. Você dizia que o seu era Moby Dick e que seu poeta preferido era Neruda. Acho que esse foi um dos dias em que mais ouvi você falar. Você, com sua voz de sedutor basco de alguma página de Calderón de La Barca, me deixava com os olhos ardendo de desejo pelo conhecimento, com os olhos de uma menina que procura algo que não conhece, mas que sabe ser importante. Lembro daquela noite com tanto carinho, papai, o tempo poderia ter parado ali, mas não parou, é óbvio que não parou, quanta pieguice, Rafaela! Olhando para trás você me ensinou tantas coisas...

Rafaela, estamos na área de embarque em São Paulo. E então, qual era o presente de seu pai? Valeu a pena esperar? Com amor, mamãe.

Valeu, mamãe, eu sei que você odeia essas conexões, mas está com as amigas, se divertindo, respondi com um coração. Ah, mamãe, se você soubesse qual presente está nas minhas mãos, se você soubesse a herança que papai me deixou. Lá vem você com pieguice de novo, Rafaela, se você fosse uma escritora seria uma de péssima qualidade. Estou relaxada, parece que o gorila está me dando um tempo, talvez seja o álcool que o afastou.

Últimas páginas do último caderno, tudo passou tão rápido, quanto tempo? Lá vem o tempo de novo, Tom Waits entendia de tempo, o Pato Fu também entende de tempo, mas lembro de outra música que gosto. É papai, hoje você prometeu e me fez chorar.

Você está alçando voo, Rafa. É uma adolescente petulante e independente e eu ando preocupado de não te acompanhar. Você é questionadora, e adquiriu um hábito que não gosto muito, o de bater portas e você é boa nisso! Muito boa. Quando não está irritada porque tentamos te segurar um pouco para não se esborrachar como um albatroz no pouso...

Albatroz no pouso, papai? Eu me senti assim quando você morreu, eu me sinto assim agora que estou aqui diante de você desnudado.

... e queremos que você voe e aterrisse, Rafa, com cuidado, será inevitável você trilhar seus rumos, pegar sua corrente de vento e ir para onde quer que vá, mas enquanto não faz isso tentamos orientar seu voo, tentamos que saiba usar os instrumentos necessários, mas você é turrona, dura na queda, sua mãe diz que se parece comigo, eu acho que se parece com sua mãe, mas ambos concordamos que você será o que quiser ser, embora eu ache que você, aos poucos, vai ganhando contornos de alguém que irá se dedicar aos animais. Não só pelo relacionamento com Boris de quem você se tornou uma ótima dona, mas porque vive ajudando animais e se interessa por eles. Eu ando cansado de muitas coisas, mas pelo menos, agora, no campo político estamos evoluindo, ainda não é o que eu gostaria, mas temos alguma estabilidade e um presidente que parece saber para onde levar o país, sobretudo temos liberdade, valorize a liberdade, Rafa, foi uma dura conquista, muitos morreram por ela, muitos foram torturados, muitos sumiram, a nossa liberdade não caiu do céu, nem foi fruto de magia, muito menos presente de algum deus, ela precisou ser arrancada a fórceps, mas o que eu falava mesmo? Ah, sim, tirando as batidas de porta e as birras você é uma moça adorável, educada, inteligente, gosta de ler e aprende muito rápido, para contrariar a normalidade resolveu aprender francês ao invés de inglês, o que achei muito legal, uma noite me confessou que quer aprender espanhol e italiano, perguntei sobre o inglês, disse que é importante, você me respondeu que já sabia bastante e que aprenderia o resto quando desse. Embora você não admita, tem facilidade e habilidade para disciplinas de humanas. Você parou de brigar no colégio ou melhor, arrumou um outro jeito de brigar. Virou líder estudantil. Que orgulho! Tenho saudade de você pequenininha se aninhando no meu colo, você faz menos isso agora, mas de vez em quando minha gata brava resolveu ronronar perto de mim.

*Teus lábios só não me disseram **adeus***

Gata brava! Há quanto tempo eu não ouvia isso. Só você me chamava assim, gata brava. Eu ficava com muita raiva, mas agora me parece tão carinhoso. Parece que eu deveria ter adotado como um codinome ou como um pseudônimo. Talvez eu devesse ter chamado a clínica de Gata Brava. Seria, no mínimo, diferente. Sim, papai, eu me lembro de tudo isso, me lembro das birras e rebeldias adolescentes que eram só para chamar a atenção, de uma rebelde sem causa, mas lembro com carinho do seu orgulho quando me tornei presidente do grêmio estudantil. Você queria comparecer à minha posse de terno e gravata. Dei um piti, já era ruim ter você lá para ouvir todos aqueles" só podia ser filha de quem" é. Também me lembro que foi meu primeiro pileque. Saímos para comer pizza e, depois, você me deixou ir com a turma. Ficamos na frente da casa do Turiba, compramos um chapinha e chapamos. Não me lembro quem me levou em casa, o Boris me ajudou a entrar. Eu sabia que você estava me esperando, mas também sabia que não ia dizer nada. Você ficou atrás da porta do seu quarto, esperando. Me viu passar, sussurrou um "boa noite" e pronto. No dia seguinte, foi mamãe a fazer um monte de perguntas para uma adolescente que ouvia o som de gongos na cabeça e que tinha o cérebro pisoteado por dançarinas de flamenco. Você olhava, me observava e sorria. Fez apenas uma pergunta: quais são seus planos? Quais são meus planos agora, papai? Sou uma veterinária partindo para uma nova carreira. Sei lá o que vai acontecer, mas acho que esse é meu voo agora, mas espero não me esborrachar no pouso. Talvez eu te dê um neto, papai, para chamá-lo de Walter. Que ideia estapafúrdia, Rafaela. Você parece que bebe! Vai agora se render ao patriarcado machista? Daqui a pouco vai falar em casar!

Te amo, filha

Como quem ama uma rosa

Clara

Rara

Falha

Que me fala sobre seus medos

E de quem ouço segredos

Mas não te porei uma redoma

Flores raras devem ser protegidas

Mas precisam ser erigidas

Em solo que as deixe livres

E que na liberdade

Escrevam sua história

De verdade

Ah, papai, qual a minha verdade, qual a minha história? Sou uma menina rebelde e feliz, comum, que cresceu com apoio e liberdade, que viveu em anos doidos e sobreviveu, que passou por uma pandemia e sobreviveu, que sobreviveu a amores e desamores, mas será que consigo sobreviver sem você? Porque sempre tive seu abraço para me curar, sempre tive seu silêncio para me dizer o que precisava e agora... agora estou aqui, eu um copo de whisky, que encho de novo, você e... e mais o quê, papai? O que será de nós sem você? Como será a vida daqui para frente? Agora tenho medo pela mamãe, ela é meu último vínculo com você, ela é meu último refúgio, o último lugar em que posso ser eu mesma, mesmo quando não sei quem sou. Eu gostaria de viver ainda um amor. Papai, um amor como o seu e da mamãe, sei que será mais curto, mas se for intenso como o de vocês já estarei feliz. Não preciso casar, não preciso ter filho, mas gostaria de ter um amor assim. Por que me sinto uma criminosa quando penso assim? Alguém disse que talvez seja um pecado ser uma mulher romântica no século XXI, mas eu sou romântica. Papai, sempre fui romântica, mas... mas o quê, Rafa, não seja piegas de novo, uma coisa não tem nada a ver com a outra. Você pode viver um amor sem se render ao patriarcado, sem render à mesmice, seja você, Rafa, seja só você, a criativa, inteligente, esperta, rápida, linda, Rafa, seja quem sempre você foi, agora entramos por um diálogo existencialista, coach, motivacional, é isso mesmo, produção?

Dou um gole no copo e olho para aquele caderno, o último e sua última página, não quero terminar com isso. Não quero largar meu pai, meu pai desnudado, meu pai que me abraça e me acolhe. Ah, papai, é estranho pensar que você viveu sempre na sombra, não na sombra de alguém, mas na sombra de você mesmo, uma sombra que nunca alcancei porque nunca deixei que me alcançasse. Respiro fundo, mais um gole, um longo gole. É a última página, a luz da tarde vai se despedindo, viro o lado do LP que há muito acabou de tocar, me aninho de novo em seus braços, caderno tocando a pele de minha barriga...

Filha amada, você se tornou uma mulher muito especial, hoje você se formou, uma veterinária de mão cheia, tenho certeza de que será muito feliz em sua profissão, mas se não for, não tenha medo de mudar, mudar não é fácil filha, nunca é fácil, mas não seja infeliz, mude sempre que precisar, a mudança requer coragem, a mudança requer humildade, a mudança requer sabedoria, mas não tenha medo, jamais de mudar. Nós mudamos muitas vezes, o ser humano é mutação pura, por isso mude dentro de você, mude fora de você, mude sempre que possível, siga sua profissão enquanto ela te fizer feliz, siga seu caminho enquanto ele te fizer feliz, faça desse mundo sempre um lugar melhor, Rafa, ilumine o coração de todos com seu sorriso, ilumine a vida com seu coração, pode parecer um lugar comum, mas não é, fala-se muito em racionalismo, fala-se muito em espiritualidade, fala-se muito em muita coisa, mas fala-se pouco em humanidade, nós somos humanos, Rafa, e o que nos faz humanos é nossa sensibilidade, é nossa capacidade de sentir, de ser tocado pelo sentimento, ame, Rafa, ame tudo que fizer, filha, assim você fará bem feito mesmo quando falhar e se precisar, eu estarei aqui, meu colo e meu abraço sempre estarão aqui, meu olhar sempre estará aqui, sim, filha, esse é meu jeito de te dar coragem, esse é meu jeito de dizer, eu confio em você. Sei que muitas vezes você esperou palavras, mas palavras os pais comuns, todo pai tem, o que te ofereci foi muito mais todo esse tempo, foi um lugar, um tempo, esse tempo e esse lugar sempre estarão aqui, minha Gata Brava, para te apoiar, para te dizer sem dizer, porque as pessoas falam demais, filha, mas ouvem de menos, e é tempo, é tempo, é tempo de ouvir e de amar, filha, eu te amo do fundo de minhas forças, você não sabe, mas sempre foi também meu lugar e meu tempo, eu te desejei desde sempre, muito antes de conhecer sua mãe eu sonhava em ter uma filha, não um filho, uma filha e ficou ainda melhor quando eu fui te vendo crescer e vendo quem você se tornava. Um tempo e um lugar é tudo que precisamos, filha, pois nas dores, nos momentos em que estamos com medo, sempre teremos esse tempo e esse lugar para nos proteger, para nos resgatar. Imagina sua mãe lendo isso? Ela também é meu tempo e lugar, mas é um tempo e um lugar diferente. Sim, filha, podemos ter mais de um tempo e um lugar, acho que Teté é um outro tempo e lugar seu. A sua mãe outro tempo e lugar, sempre tive inveja da intimidade com que vocês falavam, vocês tinham palavras para tudo, acho que aprendi a só ter palavras escrevendo. Vou te confessar uma coisa. Sempre disseram que eu era um excelente advogado porque falava bem, tinha boa oratória, na verdade eu tinha boa memória, tudo que eu falava eu passava a noite preparando e decorando, passava horas e dias, no começo era desesperador porque eu ficava com medo de me enrolar, mas descobri que esse esforço fazia com que tudo se soltasse fácil, uma palavra puxa outra e aí tudo sai como numa melodia, como em uma música, acho que você faz isso quando cuida de animais, quando toca com seu coração aqueles bichinhos assustados, que precisam de cuidado, lembro quando o Boris se foi, como nós dois ficamos, mas você estava mais frustrada porque sabia que não poderia ter feito nada, mesmo com seu coração, mesmo com seu talento, a vida também é frustração, filha, e você aprendeu isso com o Boris, a vida também é perda, mas as perdas também nos transformam e nos ensinam e nos colocam para frente, é assim filha, a vida é cheia de mistérios, mas nunca esqueça do tempo e lugar em que você se sente segura, nunca se esqueça porque eles nunca vão esquecer de você e você sempre poderá olhar para eles, sem nada dizer e ser resgatada de qualquer lugar, aprendi isso há muito tempo, não sei com quem, não sei como, mas aprendi, talvez eu tenha aprendido comigo mesmo, talvez seja isso que chamam de sabedoria, talvez não, talvez tenha aprendido em algum livro e estou usando agora como se fosse um ensinamento profundo. Você está formada e eu acredito em você, acredito que será uma baita veterinária, que fará diferença no mundo, que fará diferença para as pessoas, principalmente para todos os animais que atender, aprendi com você que os animais são tão importantes quanto as pessoas e que ao ajudar os animais de rua também ajudamos as pessoas em situação de rua que são seus tutores, mas agora é tempo, é tempo, é tempo de parar de escrever, deixo um último poeminha, que não é meu, mas do grande Tom Waits de quem seu pai gostaria de ser amigo, mas nunca nos conhecemos...

And it's Time Time Time
And it's Time Time Time
And it's Time Time Time
that you love
And it's Time Time Time

And they all pretend they're orphans
and their memory's like a train
you can see it getting smaller as it pulls away
and the things you can't remember
tell the things you can't forget that
history puts a saint in every dream